迷宮と精霊の王国 2

The kingdom of labyrinth and spirits

Tounosawa Keiichi
塔ノ沢 渓一

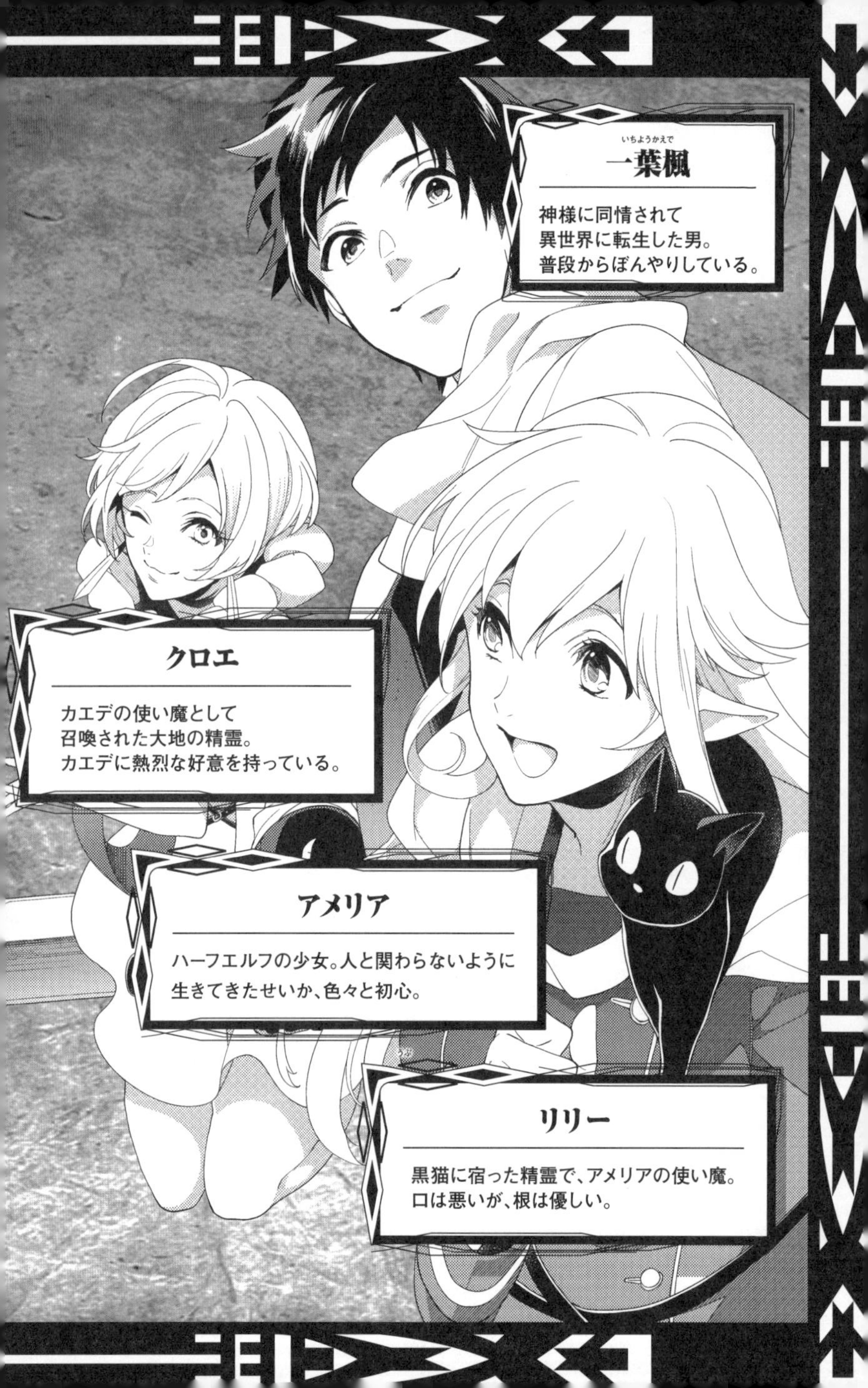
一葉楓《いちようかえで》
神様に同情されて
異世界に転生した男。
普段からぼんやりしている。
クロエ
カエデの使い魔として
召喚された大地の精霊。
カエデに熱烈な好意を持っている。
アメリア
ハーフエルフの少女。人と関わらないように
生きてきたせいか、色々と初心。
リリー
黒猫に宿った精霊で、アメリアの使い魔。
口は悪いが、根は優しい。

アルダ
エレストリア王国の武官で、大隊長。あまり人の話を聞かない性格。
ルーファウス
エレストリア王国の武官、兵団の一番隊隊長。重度のロリコン。
ダレン
竜人の冒険者。非常に大雑把な性格。自らのハーレムを作るのが夢。
アニー
エレストリア王国の武官にして、副大隊長。戦闘力はないが、妖しい術を使う。
バリー
エレストリア王国の武官。隊長の一人で、オリハルコン製の剣が何より大事。

ノアトン
アメリアの家
セルースムニル王国
港
航路
ウルサル地区
カースイユ地区
エレストリア王国

1

ここ、エレストリア王国の貴族ブランドンに、危うく誘拐《ゆうかい》されかけた、俺――一葉楓《いちようかえで》とハーフエルフの美少女アメリアと猫で使い魔のリリー。

ブランドンから逃げ出したときには、もう日が暮れようとしていたので、俺たちは彼が追ってこないよう、いつもと違う宿を取った。

アメリアをベッドに寝かせ、俺は彼女が眠るまでそばについていた。

そして自分の部屋に入り、もう一度、今後のことについて考えを巡らせる。

やはり、王都に留まるのなら新しい協力者が必要だろう。

ギルド経由で俺たちの情報がブランドンに流れたようだが、ギルドなしでは、生活費の捻出《ねんしゅつ》すらままならない。

ただ、そのギルドにブランドンの内通者がいるとなると、第三者に換金を頼む以外では、今度は待ち伏せや襲撃の可能性がでてきてしまう。

しかし、あれほど周到な男が再び仕掛けてくるだろうか。

奴もバレたくないからこそ、時間を掛けてアメリアを攫《さら》おうとしたのだ。

治安を守る組織があるとは聞いたことがないから、たぶん対立組織に知られるとまずいというような理由で、慎重になっていたのではないかと思う。

その対立組織に助けを求めるのも、手段としてはありなのかもしれない。

しかし、そんな動きを見せて刺激すれば、あいつは間違いなく何かしら仕掛けてくるだろう。

今の時点で、そういったことに対処する術《すべ》はないのだから、下手な動きは控《ひか》えたほうがいい。

ゲイツやローよりも腕の立つ冒険者を差し向けられては、逃げることすらおぼつかない。

それにしても、判断するための情報すらまったく足りていなかった。

やはり、あそこであいつらを殺してくれれば、事は簡単に済んだのだ。

俺の判断でそれをしなかった以上、これでアメリアに危害の及ぶようなことがあってはならない。

それでも、向こうだっておおっぴらに悪さができるわけではないのだろうから、とりあえずは迷宮にいるときだけ注意すれば、まず大丈夫だろう。

もし王都に残るなら、やはり協力者が必要だなと結論付け、俺はふたたび眠りについた。


夜中、誰かに肩を揺らされたような気がして、俺は死ぬほど驚いて飛び上がった。

剣を探そうと、持ち物を入れている魔法の空間――『ボール』に手を入れたところで、アメリアの匂《にお》いがしていることに気がついた。

「あー、もしかして夜這《よば》い？　服とか脱いだほうがいい？」

「脱いだらぶつわよ。……ちょっと眠れなくて、邪魔はしないから、ここにいてもいいかしら」

俺はいいよと言って、明かりを絞《しぼ》った光源の魔法を浮かべた。

かなり絞《しぼ》ったので、豆電球くらいの明るさだ。

ベッドをアメリアに明け渡して、俺は部屋に備え付けの椅子《いす》に座った。

「夜中に男の部屋に来るなんて、はしたないわ」

リリーが、アメリアのフードの中から顔も出さないで呟《つぶや》いた。

狭い部屋だから、俺とアメリアの距離はいつもよりぐっと近い。

「昼間のことでも思い出した？　それにしても、これからどうしようか。ここに留まるのが怖いなら、他の国に逃げ出すというのもありだと思うんだよね。こう見えても計算とか得意だし、接客もできるし、肉体労働だって平気だし、俺は頑張《がんば》って働くから、アメリア一人くらいならなんとかしてみせるよ」

「王都から離れるだけじゃ駄目なの？」

「この国は、地方を貴族が統治してるんだよね。だから王都から離れると、逆に危ないんじゃないかと思うんだ。ブランドンと同じ貴族院派の貴族が統治しているわけだから、ブランドンも動きやすくなって白昼堂々と襲ってきかねない。だから、ここに残る方がまだ安全だと思う。王都は王様の直属組織が統治しているから、地方貴族も派手なことはできないはずなんだ。王城にいる兵士たちも枢密院派《すうみついんは》──ブランドンの対立組織だから、あいつも派手なことはしにくくなってるはずなんだ」

「でも、他の国はきっと移民を受け入れてくれないと思う。私が住んでいた国にならなれるかもしれないけど、今は戦争中でしょ。きっと、カエデも戦争に巻き込まれちゃうわよ」

「じゃあ、手は一つしかないね。冒険者の仲間をひとり増やすんだ。そいつに、迷宮で出た戦利品を換金してもらって、俺たちはギルドに近寄らない。そうすれば、ブランドンにも俺たちの居場所は知られないよ。俺の魔法なら、迷宮内でも人に会わずにいられるからね。それと宿は毎日変えて、早めに家を建てよう。そして、家と迷宮だけを往復する生活を、ほとぼりが冷めるまで続けてたら、そのうち向こうだって、どこかに逃げ出したんだと思うはずだよ」

「そんなに上手くいくかしら。その協力してもらう人が、私たちのことを話すかもしれないわよ」

「それも考えてあるんだ。俺たちって、竜人《りゅうじん》の顔は見分けが付かないだろ。たぶん向こうもそうだと思うんだ。だから、とびきり頭の悪い竜人を仲間にすれば、きっと人から聞かれても俺たちのことだってわからないと思うんだよね」

「ふふっ、面白そうね。これからはそういうの、全部カエデに任せるわ。これまでも、それで上手くいってたものね。その方がいいと思う」

「わかった。それじゃ、とりあえず家を作りながら、物覚えが悪そうな竜人を探して、なるべく人通りが多いところには近寄らないようにするってことでいいね。奴らが最初に探すとしたら宿だろうから、なるべく早く家を作らないとね。それと、家を建てる予定地には、ワープゲートでしか行かないようにしよう。そしたら探せっこないって。安心してよ」

「わかった。それでいいわ」

そのあと俺たちは、色んな話をして朝まで過ごした。

爺《じい》ちゃんの話もしたし、面白かった映画の話もした。

アメリアの昔話も色々と聞くことができてよかった。


朝になって、俺たちは家の建設予定地である街外れへと移動した。

朝霧に包まれて、薄暗い中で見る街外れは、家など建つのかというくらい荒れ果てている。

切り株を引き抜いた穴の他に、大きな石まで転がっていた。

「途方に暮れそうなんだけど、まずは整地だよね」

「そうね。それは私がキネスオーブでやるから、カエデは石の買い出しに行ってくれないかしら。

でも、まだお店も開いてないかな」

「それなら、店主を叩《たた》き起こしてでも売ってもらうよ」

そう言って、俺はワープゲートを開いた。

街の外周を適当に歩き回っていると、広い敷地に石の束が積まれている場所を見つけた。

その隣に家があったので扉を叩《たた》くと、家の中から親方という感じの男が出てくる。

服もきちんとしているので、寝起きではなさそうだ。

こっちの人はマジで早起きだなと感心する。

こんなところに住んでるからには、この人が石材屋の親父で間違いないだろう。

「家を建てるんですけど、石を売ってくれませんか」

「砂利《じゃり》かい、平らなやつかい」

「家を建てるときに下に敷く石なんですけどね。どんなのがいいですかね」

「ああ素人か。それなら平らの石だろうな。だけどまだ人足《にんそく》の連中がこねえんだ。お前さんがひとりで運ぶなら値引きしてもいいぞ。どうするね」

俺は、それでお願いしますと言った。

そして石が積まれた場所に案内される。

そこには、薄く切り出された石が見上げるほどにも積まれていた。

「かなり大きいですね。何枚くらい必要なもんですか」

「一番小さい箱を作るなら三十八枚だ」

「一番小さい箱というと？」

「材木屋で売ってる一番長い角材を柱として組み合わせただけでできる建物のことだよ。もっと大きいのを作りたきゃ、角材をつないで一本の柱にしなきゃなんねえ」

こういう風にするもんだんべと、親方は地面に絵を描いて教えてくれた。

それで一応、天井と壁と柱の仕組みはわかった。

適当な説明で終わろうとする親方に、俺は詳しい説明を求めた。

それで、家の中を三つの部屋に区切る方法も聞いておいた。

そんなの難しいことじゃねえと、親切はそのやり方を説明してくれる。確かに、俺でもなんとかなりそうだ。

説明を聞き終えてから、俺はトイレ用の二枚と合わせて石板四十枚分の金を払った。

適当に持っていきなという親方の言葉通り、俺はワープゲートを開いてそれを運びはじめる。

鉛のように重たい石の板は、一枚抱え上げるのが精一杯だった。

四十往復もすると、もうそれだけで一日分の体力を使い果たしたような気になる。

いや、実際には三分の一も運んだかというあたりで体力を使い果たしたような感じがした。残りは、気力だけで運び続けたのだ。

三時間ほどかかって、俺は全ての石を運び終えた。

それだけ時間がたっても、アメリアの整地はまだ終わらない。

俺だけ休んでるわけにもいかないので、もう一度ワープゲートを開いて石材屋に戻り、さっきの親方に材木屋の場所を聞いて、そこに向かう。

この時点で日はすでに高くなっている。

晩秋だというのにかなりの暑さを感じた。

俺は材木屋で、角材と板を必要な分だけ買いつけた。

今度は材木屋の人足《にんそく》を使えたのだが、場所を知られたくなかった俺は、金だけ払って人手は頼まなかった。

材木屋の隅に積まれた木材を、さっきと同じようにワープゲートを使って運ぶ。

こっちの方が一つ一つが軽いので、さっきよりはいくぶんマシだ。

昼頃になって全ての木材を運び終えたが、まだ整地は途中だった。そこで、タールのような腐食防止剤とそれを塗るためのハケに、金槌《かなづち》と釘《くぎ》も買ってくる。

その頃には、アメリアの仕事もそろそろ終わりというところまで来ていた。

「ちょっと休もうよ」

「あとちょっとだから待ってて。あっ、これにお湯を沸《わ》かして待っててくれる？」

俺はアメリアから渡されたポットを受け取って、石で竈《かまど》を作ると、引き抜いた切り株を細かく切って放り込んでから、火を付けた。

その上に、水を入れたポットを置く。

そのまま疲れと睡眠不足でウトウトしているうちに寝てしまったらしく、しばらくして仕事を終えたアメリアに起こされた。

アメリアの肩から、リリーが俺の上に飛び降りてくる。

「まったくだらしないわね。アメリアにだけ働かせておいて、貴方《あなた》は昼寝なんてしていて恥ずかしくないの」

「お前だって働いてないだろ。それに、俺はさっきまで力仕事をしてたんだぞ」

「私はアメリアを手伝っていたわ。お湯だって全部なくなってるじゃない。ポットも焦《こ》がしちゃってひどいわね」

言われて横に目をやれば、焚《た》き火の脇に焦《こ》げたポットが置かれていた。

そんなに寝ていたかと起き上がって、アメリアが働いていたところを見ると、土地の整地が完成していた。

茶色い土が四角く綺麗《きれい》にえぐれて、完璧な整地がなされている。

アメリアの几帳面《きちょうめん》な性格がよく現れていた。

泥《どろ》で顔を汚したアメリアが、誇らしげな顔をこちらに向けている。

その笑顔が青空によく映えて、とても眩《まぶ》しかった。

「すごいね。明日からブルドーザーのアメリを名乗れるぐらい完璧な整地だよ」

「意味がわからないわ。また馬鹿にしているのね」

「感心してるんだよ。それじゃ、ご飯にしよう。俺は運んでばっかで疲れたよ」

働きはじめてから、すでに六時間は経っている。

のども渇《かわ》いていたので、アメリアの淹《い》れたいつものまずいお茶でさえ体に染み渡るようだった。

この日はじめて、アメリアの入れたお茶を俺はおかわりした。

それに気をよくしたのか、やっと味がわかるようになったのね、みたいな顔をしているアメリアの態度が少しひっかかる。

できればお茶は普通のやつがいいんだけど、まだこれが続くのだろうか。

2

食事を終えたら、アメリアには休んでもらって、俺は石を並べはじめた。

たいしたことない作業だと思っていたのに、石の上が平らになるように調整するのは大変だった。

石の大きさが不揃いだから、石を置いてみて踏んづけて、それで高さが合わなかったら調整ということになる。

結構な時間をかけて、なんとか三十六枚と玄関分の二枚の石を並べ終えた。

玄関分の二枚というのは、扉が稼動する部分だけは家の外側にも石を敷いておくのである。

次に石材屋の親父から教わった方法で、角材を『日』の字になるように釘《くぎ》で打つ。

曲がっているが、高さだけは正確に切り出された角材はしっかりと形になった。

並べた石材の四隅と中央に角材を立てて、それを水と冷気の魔法で固定してから、その上にキネスを使って『日』にした角材を乗せた。

ここまでは簡単だが、これをどうやって打ち付けるかが問題だな。

「私がキネスの魔法でカエデを持ち上げるわ。そのあいだに釘《くぎ》を打って」

「人間を持ち上げるなんて大丈夫なの？」

「平気よ。カエデのベルトを持ち上げるからね」

そう言って、アメリアは俺のベルトをキネスで持ち上げはじめる。

いやいやいや、これはキンタマがむちゃくちゃ痛い。

マジかよと思いながら言い出すこともできない俺は、痛みにせかされるようにして作業を進めた。

それでどうにか作業を終えると、なんとか家になりそうな手応《てごた》えを感じる。

そのあとは、二人がかりでカンカンカンカン周りに板を打ち付けていった。

アメリアは、口うるさいリリーに指示されていて大変そうだった。

俺はひとり気楽にやれていたので、それだけはアメリアよりだいぶマシだ。

気づけば日が暮れていたため、これで今日のところは終了ということになり、俺たちは宿に帰った。


次の日も朝早くからやって来て、ひたすら板を打ち付ける。

板が節やら何やらで正確な長方形ではないため、いたるところに隙間《すきま》ができた。

それでも、釘《くぎ》を打ち込むたびに頑丈《がんじょう》にだけはなっていくし、形にはなっている。

形のいい板は屋根用に取っておいてあるので、壁の方は本当にいい加減だ。

どうにか壁を全部打ち付けると、本当に箱ができた。

扉になるところに外から板を打ち付けて固定してから、リリーの水魔法で扉の形に切ってもらうことにする。俺はリリーを抱えて、尻尾《しっぽ》から出る高圧の水流を使い、慎重にそれをやった。

そうして外れた部分を、アメリアが壁に紐《ひも》で縛《しば》り付けて可動できるようにすれば、扉の完成である。

そのあと、俺は上に上って、四角い枕木のような板をキネスで持ち上げてもらい、片側の壁の上部に打ち付ける。これで、四つある壁のうち、一辺だけ他よりも高くなった。そこへ、その枕木に立てかけるように板を並べてこいつも打ち付けていけば、屋根の完成だ。

隙間《すきま》はなるべく余った木材で塞《ふさ》いでおいた。

そして、コールタールのような腐食防止剤を、まずは屋根から丁寧に塗る。

昼ご飯を食べている間に乾《かわ》かしてから、もう一度屋根に塗った。

枕木を置いて屋根を打ち付けたので、両サイドの屋根の下には隙間《すきま》が空いている。

石材屋の親父の話では、この三角の隙間《すきま》が煙突のかわりになるということだったが、せっかく暖めた空気がここから逃げるのではないかと思うのだがどうだろう。

俺が屋根を作っている間、アメリアは部屋を区切るための壁を打ち付けていた。

俺が屋根を張り終えて下に戻ると、アメリアも作業を終えたところだった。

「あとは、部屋を区切る板を打ち付けたら終わりね」

暑いらしく、顔を真っ赤にして汗だくのアメリアは、いつもより少しセクシーな感じがする。

今日はほとんど指示しか出していないくせに、人一倍疲れた顔をしてリリーもへばっていた。

俺たちは最後の気力を振り絞《しぼ》って、それぞれの部屋と共有スペースとの間に壁を作った。

横木を渡してそこに板を打ち付けるだけだ。

それが終わったら、部屋の出入口に補強用の板を打ち付けて、リリーに切ってもらい、扉を作ると、家の完成である。

俺は外に出て、できあがった家を眺めてみた。

歪《ゆが》んで穴だらけでひどいできあがりだ。

しかし、蹴飛ばしたくらいじゃびくともしないくらいには頑丈《がんじょう》である。

まだベッドも何もないので、今日は宿に泊まることにしよう。

たぶん明日には住めるようになるはずだ。

俺たちは一度も泊まったことのない宿を見つけて、そこに二部屋を借りた。

お湯も頼んだが、さすがにタオルで拭《ふ》くだけで済ませたくなかった俺は、宿の親父に入浴できるような設備が街にないか聞いてみた。

「湯が浴びたいなら浴場がある。大通りを、西の方に一ブロック行ってみろ」

俺は客だというのに、何ともざっくばらんな話し方である。

とはいえ、こっちの商売人は、だいたいどこでもこんな感じだ。

アメリアも汗をかいただろうから、お湯を浴びに行こうと誘ったら怒られた。

思った以上の拒否反応に、俺は訳がわからない。

まあいいかと思って、俺は宿屋の親父に教わった方へと歩いていった。

ちょうど薄暗くなっていたので、周りの人に顔を見られる心配もない。

しばらく歩くと、煉瓦《れんが》造りのそれっぽい建物を見つけることができた。

そこで店先の親父に三シールを払う。

ずいぶんと安い。

壁に照明が掛けられているので中は明るく、親父のいるカウンターの先は一本の通路の両脇に裸の背中が並んでいた。

こんな時間だというのにえらく混んでいる。

俺は空いているスペースを見つけて中に入った。

両隣からは水しぶきが飛んでくる。

仕切りはかろうじて股間《こかん》が隠せるかどうかという程度の大きさしかない。

俺はそこで服を脱いで、脱いだものをボールの中に放り込んだ。

目の前には、胸の高さくらいにお湯の溜《た》まった風呂のようなものがある。

しかし、これに入るのではなく、桶《おけ》でお湯をくんで浴びるだけだ。

そこではじめて気がついたのだが、ここが男湯なら女湯はどこにあるのだろうか。

この建物全体が一つの浴場になっていて、もう一つの部屋があるというわけではない。

キョロキョロと周りを見回していたら、男に紛《まぎ》れてお婆さんが湯浴びをしているのを見つけた。

なるほど、いつもの男も女も一緒くたというやつだ。

こんなところに誘われたらアメリアも怒るはずだなと納得した。

俺はお湯を頭から浴びて体を濡《ぬ》らすと、石けんを使って体を洗い、洗い終わったところで目の前からお湯をくんで頭からかぶった。

少し熱いくらいの、気持ちのいいお湯だった。

それで泡を洗い流して体を拭《ふ》いて、一歩下がったところで新しい服に着替える。

服の方は、周囲からのお湯のしぶきでかなり濡《ぬ》れてしまった。

俺はいい気分で浴場から出て、ワープゲートを開いて宿に帰った。

結局、今日は家を作ることに手一杯で、仲間を探す方にはまったく手を付けられていない。

明日こそ探そうと思いながら、俺はアメリアの部屋のドアをノックした。

最近では日課のようになっている科学の時間である。

「帰ってきたのね」

「うん、あんなとこだと思わなくてさ。誘ってごめんね」

「いいわ、早く入って。それで浴場はどうだったの」

「お湯を浴びるだけでもかなり気持ちよかったよ。ああいうの、家にも欲しいよね。アメリアも気に入ると思うよ。家の脇に小さな小屋を建てて、その中に風呂の竈《かまど》を作るっていうのはどうかな」

「それよりも、料理をするための石窯《いしがま》の方が先でしょ。パンが焼けるようになるわよ」

「そうかなあ。それはどこかで借りればいいんじゃないの」

「駄目よ。石窯《いしがま》がないと料理だけで一日仕事になっちゃうもの。絶対に料理用の石窯《いしがま》が先よ」

なかなか強情な態度で、アメリアは譲る気配がない。

しかしアメリアの言う料理用の石窯《いしがま》は、そう単純なものでもないだろうから、きっと何日もかかる。

「アメリアも強情だね。それじゃ料理用の石窯《いしがま》を作るのが先でいいよ。俺はしばらくあの店に通うから」

「いやらしいわ。いい女の人でも見つけたのね」

リリーが、アメリアの太ももの上でそんなことを言った。

アメリアもちょっと探るような目つきをこちらに向けてくる。

俺はまったく意味がわからない。

「なんだ？　浴場のどこがいやらしいんだよ」

「知らないのね。時間も時間だったから女の人はいなかったのかしら。浴場なんて、男が女を見つけに行くような場所でしょ。貴方《あなた》も、それ目当てで行ってきたんじゃないの」

「な、なんだって？　俺はそんなこと何も知らなかったぞ。大体、リリーはどうして俺をそういう目で見るんだよ。って、アメリアまでそんな目で俺のことを見てさ。酷いよ」

「なあに。私の下着を見るような真似《まね》をしておいて、そういうことに興味がないなんて言わないでしょう。そういうのが目当てだったんじゃないの？」

なぜか、アメリアまでもが俺を疑っている。

浴場というのは、あまり評判のよくない場所なのだろうか。

俺としては、かなり気持ちがよかったから通いたいのだが。

「別に、そんなとこで女なんか探さないよ。興味もないし。あれ、もしかしてヤキモチ？」

「どうして私がカエデにヤキモチを焼くの。変なこと言わないで」

「変な女に引っかかって、お金を巻き上げられたりしたら大変だから言ってあげてるんじゃない。浴場なんていい噂《うわさ》を聞いたことがないわ。村のお婆さんだって、あんなとこに行く男はろくなもんじゃないって言ってたもの。若いくせに、そんなところに出入りして、貴方《あなた》は下心の塊《かたまり》みたいな男ね」

「違うってば。今日なんか、おっさんしかいなかったぜ。タオルで体を拭《ふ》くよりもさっぱりして気持ちがいいから行きたいんだよ。元いた世界じゃ、毎日お湯に浸かるのが当たり前だったの。どうしても、タオルで拭《ふ》くだけじゃ嫌なんだ。それだけだって」

「なら好きにすればいいけど、気をつけてね」

「そうよ、好きにすればいいのよ。このろくでなし」

まったく、こんな言いがかりじみたことで責められては俺も面白くない。

ヤキモチなら嬉しいが、そんな様子はみじんもなく、ただただ嫌悪している感じである。

確かに、男と女が一緒に湯を浴びるなんて健全とは言いがたいが、それがこっちの世界のルールなら仕方ないではないか。

そう思って、俺は科学の授業を始めた。

今日は、体の仕組みと細胞分裂についてである。

この授業をしていて気がついたことがあるのだが、科学では説明できないものを作り出したりする魔法では、俺の知識も役に立たない。

逆に、科学の知識が足を引っ張ってしまう結果になる。

ファンタジー世界は、科学ですら万能ではないらしい。

3

家が完成し、次は家具を揃えることになった。

朝から材木屋に行って、ベッドを作るための材料を買い込んだ。

材木屋に作ってもらうこともできるが、家の中で組み立てると言い出したのでやめた。

ある程度のところまで加工してもらって、それを家の中に運び込む。

組み立ててみると、玄関前で将棋《しょうぎ》を指しながら夕涼みをしている年寄りなんかが座ってそうな、椅子《いす》をただ大きくしただけのような、粗末《そまつ》なベッドができあがった。

椅子《いす》よりは横幅があるが、ただの堅い板なので、それなりのものを下に敷かないと背中が痛くて眠れないだろう。

だから、俺たちは街に行って布団一式を揃えた。

藁《わら》を編んだようなものを敷き、それを敷布団のかわりにするのだが、なるべく厚めのものを二枚ずつ買った。

それに、シーツと掛け布団、あとは中に何が入っているかもわからないような枕だ。

既に寒くなっていたので、ストーブも買って、共有スペースに置いた。

「これで今日からここに住めるわね。あとは、やっぱり石窯《いしがま》が欲しいわ」

石窯《いしがま》はすぐには作れないが、おいおい設置しよう。

そして俺は窓が欲しいなと思ったので、市場を見て回って、ガラスのようなものがはめ込まれた木枠が売られているのを見つけて、それを三つ買った。

リリーの魔法で壁をくりぬいて、買ってきた窓をはめ込むという寸法だ。

はめ込んだあとは釘《くぎ》で打ち付けるのだが、こちらの釘《くぎ》はただの鉄片なので、小さい釘《くぎ》を斜めに打とうとすると、ポキポキ折れてしまう。

なんとか苦労して窓を壁の穴に固定すると、窓の上にカーテン代わりの薄布を釘《くぎ》で打ち付けた。

そもそもガラス部分の透明度が低いので、カーテンなど必要かどうかもわからない。

それが済んだら、俺はリリーに言われて、薪拾《たきぎひろ》いと薪《まき》にするための木の伐採《ばっさい》に行くことになった。

アメリアは家の周りに生えている雑草をなにやら摘《つ》んでいたので、俺はリリーだけを連れて、近くの林の中に入った。

木を倒し、その場所でしばらく乾燥させてから細かく割ったら、薪《まき》として使えるらしい。

なので、今日は太さが適当な木をリリーの水魔法で伐《き》り倒すだけだ。

さすがに、厚さがある生木を切断するのは簡単なものではなかった。

何時間も掛けて、やっと一冬越せるくらいの木が切れた。

その後に、しばらく使う分くらいの薪《たきぎ》を拾い集める。

他の人が薪《まき》を作るために枝打ちしたものがそこかしこにあるので、簡単に集まった。

それを大きめの異空間に収めて家に帰り、家の外に積み上げていると、アメリアが切り株の上に座ってなにやら作っている。

近寄ってよく見ると、集めたススキのようなものを穂《ほ》のところで揃えたり、縛《しば》ったりしていた。

かなり器用な手つきで、それは形になっていった。

興味を惹《ひ》かれて見入っていた俺に気がついて、アメリアが顔を上げた。

「なにか面白いことでもあるの？」

「それホウキでしょ。器用だね」

「このくらい作れて普通よ。薪《まき》の中から、よさそうな棒を見つけてきてもらえる？」

俺は拾ってきた枝切れの中からまっすぐなものを選んで、剣で適当な長さに切る。

それを、アメリアが作っていたものに差し込んで、紐《ひも》で縛《しば》るとちゃんとしたホウキになった。

俺はその生活力のようなものに、尊敬のまなざしを向けずにはいられなかった。

このくらいで大げさねと言って、アメリアはできたばかりのホウキを持って家の中に入っていった。

俺の方は適当な薪《たきぎ》を選んで家に入り、ストーブに火を付けた。

そして、アメリアから借りたポットに水を入れてから、ストーブの上に載せる。

最初は煙が出たが、安普請《やすぶしん》の家なので風の通りがよく、すぐに煙は抜けていった。

俺は、外に積み上げてあった切り株を剣で切って椅子《いす》の形にしたものを、家の中に並べた。

アメリアの掃除《そうじ》が終わったところで、俺たちは昼食をとった。

午後は街に出て、材木屋の親父にトイレ用の木材を注文する。指定のものを用意するには、木材を切る必要があり時間が要るとのことで、それができあがるまでは午前に引き続き、生活に必要なものを買うことにした。

鍋やタライなどをアメリアに選んでもらって買い、石窯《いしがま》用の煉瓦《れんが》と粘土《ねんど》も買い込んだ。

そろそろ蓄《たくわ》えが底をつきそうだ。

今日の夜には酒場でも回って新しい仲間を探さないと、あと三日くらいしたら食べ物を買うことすらできなくなるだろう。

買いそろえたものを家に持ち帰ってから、俺は材木屋からトイレ用の木材を運んだ。

トイレ用は安くて薄い木材を頼んでおいたので、運搬《うんぱん》作業は簡単に済む。

そして組み上げると、雨漏《も》りすら気にしてない、これぞバラックというようなものができあがる。

それで、今日の作業は終わりだった。

「じゃあ、俺はちょっと早いけど汗を流しに行ってくるよ。アメリアはどうする？」

「私もお湯を沸《わ》かして体を流すわ。帰ってきたらちゃんとドアをノックして、外から入ってよね。横着《おうちゃく》してワープゲートを家の中につないだらダメよ」

俺はわかってるよと言って、昨日の浴場にゲートを開いた。

そしてお金を払って中に入る。

そしたら、昨日とは違って女の人がわんさといて、俺は度肝《どぎも》を抜かれた。

動揺しながらも、何気《なにげ》ない風を装い一番端っこのスペースの前に立った。

緊張のあまり周りを確認する余裕すらなく、ものすごいスピードで服を脱いで腰にタオルを巻きつけると、仕切りの間に体を滑《すべ》り込ませる。

なるべく周りを見ないようにしようと思いながら、お湯をかぶって体を洗いはじめると、隣に若い女の人が入ってきた。

丸見えである。

俺は何でもないですよという体《てい》を装うのに必死だった。

それなのに隣のお姉さんは、なんと俺に話しかけてくるではないか。

しかも身を乗り出して、視線は俺の股間《こかん》に向けられている。

「お兄さん、遊ぶなら私なんてどう。安くしてあげてもいいわよ」

俺は手を振って必死に断りを入れる。

そしたら、あらそうとだけ言って、その人は行ってしまった。

入れ替わるようにして、次のお姉さんが隣に入ってくる。

断るたびに、その入れ替わりが何度も続いた。

俺の体や股間《こかん》に手を這《は》わせながら、自分はサービスがいいとアピールしてくる。

ここまで来てやっと、そうかここは娼婦《しょうふ》の人が客を取る場所なのかと合点《がてん》がいった。

「もうそんなになってるくせに、どうしてつれないのよ。今日は買いに来たんじゃないの？」

「ち、違います……」

心の準備ができていなかった俺は、やっとの思いでそれだけ言った。

そしたら、そのお姉さんがなにやら周りに合図をして、それで隣の入れ替わりは収まった。

俺はホッと息をついて、もうこんな早い時間に来るのはやめようと心に誓った。

これでは、アメリアたちも嫌な顔をするわけだ。

景気が悪いのか、綺麗《きれい》で若い娼婦《しょうふ》の人が多い。

エルフっぽいアメリアに似た顔立ちの人もいて、一晩頼んでみたい欲求が起こる。

しかし、俺には金がない。

あったとしても、俺が自由にしていい金ではない。

それに、アメリアたちにああ言った手前、そんなことをするのはためらわれる。

しばらくして、余裕を取り戻した俺の目に、体を隠すようにしてお湯を浴びている女性の姿が映った。

俺以外には男がいないので、たぶん一般の人なのだろう。

こんな早い時間に来るのはマナー違反だったかと焦《あせ》りが生まれ、俺はさっさと体を洗って浴場から飛び出した。

それで振り返って、今出た建物を眺めながら息をつく。

さて帰ろうとワープゲートを開き、家の前に出てドアをノックすると、まだ作業を終えた格好のままのアメリアが出てきた。

「あら早かったのね。私はまだだから、ちょっと外にいて欲しいんだけど」

「それなら、新しい仲間のスカウトに行ってくるよ。少し遅くなるから、ご飯は先に済ませておいて。あと、お酒を飲むことになるかも」

「わかったわ」

俺は街に向かって適当にワープゲートを開き、大通りに出た。

そして、いくらでもある酒場に片《かた》っ端《ぱし》から入ってみることにした。人と一緒にいるようなのは既に組んでるだろうから避けて、なるべく一人で飲んでいる竜人の中から探すことにする。

一件目、二件目の酒場では、よさそうな人が見つからない。

三件目の居酒屋に入ったところで、カウンターでなにやらもめている竜人がいるのを見つけた。

「金が足りねえんだからしょうがねえだろ。もう食っちまったもんは戻せねえよ。ごちゃごちゃ言ってると、ケツから出てくるまでここで待つことになるぜ。今日はたくさん稼《かせ》いだから足りると思ったんだ。明日になったら持ってきてやるって言ってんだからいいじゃねえか。部屋なんか解約されてたまるか。俺はもう野宿はごめんだぜ」

「ふざけんな。お前、これで何回目だと思ってんだ。金くらい数えてから注文しやがれ。どうして金もないのに女なんかに奢《おご》ってやるんだよ。しかも、もう逃げてて影も形もねえじゃねえか。毎回、毎回、騙《だま》されて、どうして学習しねぇんだ」

「うるせえな。金なんか数えたって、二つ目を注文したら、そっから先は運任せになるじゃねえか。そんなこともわからないで、よく酒場の店主が務まるな」

「驚いたな。足し算もわからねえ奴がどうやって冒険者なんてやってやがる。よっぽど親が頑丈《がんじょう》に生んでくれたんだな。感謝しろよ。普通の奴なら、とっくにくたばってるぜ」

「そんなこと、言われなくてもわかってらあ。金なら明日持ってくるからそれまで待ってろ。今まで、何度も泊まってやってるのに感謝もねえな」

「馬鹿野郎が。毎日毎日、問題ばかり起こしやがって、相手する俺の気持ちにもなってみろってんだ。精霊にするとか言って、馬の死骸《しがい》を部屋で腐《くさ》らせたり、窓と扉を間違えて身投げして台車潰《つぶ》しちまいやがったり。それを忘れたとは言わせねえぞ。こっちはお前に関わって大損なんだよ」

「精霊になるって話を聞いたから拾ってきたんだろ。責めるなら、俺に与太話《よたばなし》を吹き込んだ馬鹿野郎を責めな。だいたいこの宿は、窓板がデカすぎるんだよ。あれなら誰だって間違えるぜ」

運命的な出会いである。

彼こそが、まさに俺の求めていた人材だ。

俺はすぐさま駆け寄って、二人を取りなしにかかった。

「まあまあ、落ち着いてください。足りない分はいくらですか。払えるなら俺が払いますよ」

元いた世界では、そこら辺の人に話しかけることなどとても考えられなかったが、旅先の恥という意識でもあるのか、こっちだとそういうことにも抵抗を感じないから不思議である。

「おう、奇特な奴が現れたな。足りないのは八シールだ」

そんなものかと俺はすぐに払って、酒を二杯追加で注文した。

口直しに飲もうと、その竜人を隣の席に座らせる。

「おう、ここの店主が馬鹿で手こずってたんだ。ありがとうよ」

馬鹿はおめえだよと言いながら、店主がビールのような飲み物を二杯持ってきた。

炭酸の利いた、たぶんアメリアがパンを作るのに使っていたガルプか何かで作られた飲み物だ。

飲んでみると、ビールの苦味を弱くしたような味がした。

「今、俺は二人で組んで迷宮に入ってるんですけどね、人手が足りないんですよ。明日から一緒にどうですか」

「ほう、メンツはどんなのがいるんだ」

「人間族の二人です。両方とも魔法が使えます」

どうせわからないだろうから、アメリアも人間族ということにしておく。

「そりゃいいな。ところで、何階でやってるんだ」

「今は五階ですが、明日からは六階にでも行こうと思ってますよ」

「入ったことないな。いいだろう、明日から一緒に潜《もぐ》ろうや」

簡単に話が決まった。

それで、待ち合わせの時間だけを約束して、俺はその竜人と別れた。

家に帰ると、アメリアが煉瓦《れんが》と粘土《ねんど》で窯《かま》作りを始めていた。

俺が思っていたのよりも、かなり小さめのものだ。

まだ土台もできてないが、このくらいの大きさならわりと簡単にできるんじゃないだろうか。

「見つかったの?」

だいぶ酔いが回っていた俺は、見つかったよとだけ答えて自分の部屋に入ると、新しいベッドの上で横になった。

新しいベッドの寝心地は悪くない。

そういえば名前も聞かなかったなと、そんなことを考えながら眠りについた。

4

朝起きると、隣の部屋から衣擦《きぬず》れの音が聞こえてくる。

壁が薄いから、アメリアの部屋の明かりも見えた。

それでも何をしているかまではわからない。

俺は外に出て、顔を洗い歯を磨《みが》いてから、部屋に戻って装備を身につけた。

それが終わると、アメリアがお湯を沸《わ》かしていたので、俺は切り株の椅子《いす》に座った。

「寝癖《ねぐせ》がひどいわよ」

そう言って、笑いながらアメリアが水を付けて寝癖《ねぐせ》を直してくれる。

俺は、まだぼうっとする頭でストーブを眺めた。

「やっぱり夜になると、ちょっと寒いよね。冬になったらヤバそうじゃない？」

「隙間《すきま》風は、なんとかしたいわね」

朝ご飯を食べてから、俺はアメリアをつれて待ち合わせの場所に出た。

昨日の竜人と会った、宿屋兼酒場の裏手だ。

そこでは、約束どおり昨日の竜人があくびをしながら俺たちを待っていた。

俺はすぐに迷宮の六階までゲートを開いた。

「おう、ワープゲートまで使えるのか。やるもんだ。そんじゃ、さっさと魔物を倒しに行こうや」

竜人がゲートをくぐったので、俺とアメリアもそのあとに続いた。

「始める前に、その、自己紹介を……」

と、アメリアがおずおずといった様子で切り出す。

どうも人見知りの気があるらしく、アメリアの声は小さい。

「ああ、それもそうだな。俺の名前はダレンだ」

それを受けて、俺とアメリアも名乗った。

しかし、俺たちの自己紹介などろくすっぽ聞かずに、ダレンはさっさと敵を倒しに行くぞと張り切っている。

俺が先導すると、ダレンは舌なめずりをしながらついてきた。

しばらくして、岩石の腕を持った魔物――アルスタジアが五匹ほど現れる。

ダレンは、そのまままっすぐ敵の群れの中に踏み込んだ。

そして、敵が間合いに入る寸前で足を止めて、持っていた斧《おの》を振り下ろす。

その攻撃は、ダレンに向かっていたアルスタジアの腕に当たって、大きな火花を散らせた。攻撃が防がれたようだ。しかし、そんなことなど意にも介さず、ダレンは斧《おの》をもう一度振り上げると、アルスタジアに向けて振り下ろした。

俺は、敵が群がったダレンの周りで、アルスタジアの首を落として回った。

「ちくしょう、手応《てごた》えのねえ奴らだ。こんなに簡単なら、もっと早く六階まで来ればよかったぜ。おっ、これが噂《うわさ》の鉄塊《てっかい》だな」

俺やアメリアの働きなどまるで見ていなかったようで、ダレンは全部自分が倒したつもりだ。

それならそれでいいだろうと、俺は何も言わなかった。

しかし、ダレンの言う通り、敵が弱すぎる気もするので、今日はもう少し下を目指してみよう。

皆がゴーストのいる五階を避けるので、四階と六階はどうしても人が多くなる。

人が多くなると、魔石も小さいものが多くなるし、人を避けて探索する俺の負担も大きくなる。

かといって七階は、これまでと魔物の種類が変わらないので、アメリアの魔法では威力が大きすぎてもったいない。

そのまま俺たちは七階を通りすぎて、八階まで下りた。

ここからは、ゲイザーという一つ目の魔物が現れるという話だ。

こいつが落とす魔結晶《まけっしょう》は、冒険者にとって一番の収入源になるという。

しかし八階の魔物からは、魔法を使ってくるようになるので、腕の立つ冒険者以外はあまり近づかない。と言っても、それなりにはいるらしいが。

ゲイザーも、精神を疲弊《ひへい》させるような干渉《かんしょう》魔法と電流を使ってくる。

確かにゲイザーと目を合わせると、心の中を削《けず》られるような感覚があった。

俺はなるべく目を合わせないように、エリアセンスだけで敵を感知して戦った。

体だけじゃなく精神まで頑丈《がんじょう》にできているのか、ダレンは平気で戦っている。

しかも、頑丈《がんじょう》なだけじゃなく、そこそこ攻撃力も高い。

もうちょっと攻撃が当たれば立派な戦力になるだろうに、あまり当てる気があるように見えないのが惜《お》しく思える。

ダレンが振り回している斧《おの》は重量もあるので、当たりさえすれば宙に浮いた魔物はベチャリと潰《つぶ》れて地面に落ちる。

斬るというより、馬鹿力で叩《たた》き潰《つぶ》してると言ったほうが適切だろう。

しばらくして昼時になったので、俺たちは休憩《きゅうけい》を取ることになった。

昼食の間、アメリアとリリーは、ダレンに足し算と引き算を教えていた。

今日は何体倒したかという話になって、そんなことわかるもんかとダレンが言い出したのでそういうことになったのだ。

足し算と引き算が終わったら、俺が掛け算と割り算でも教えるかと考えて、ふとアメリアたちは掛け算と割り算ができるのかという疑問が湧《わ》いた。

ちょっと聞いてみるのが怖いので、触れないことにしよう。

そのあとも、敵がまとまって出てきたときはアメリアに任せて、少数で現れた敵を俺とダレンで始末していった。

しばらくすると、戦いながらもダレンの口数が多くなってくる。

「俺はいつかハーレムを作るのが夢なんだ。奴隷《どれい》を買い集めてな。そいつらと一緒にパーティを作って迷宮に入るんだ。ぐへへへ」

「あまり感心できない夢ね」

リリーの言葉にも、ダレンは気を悪くした様子がない。

さっきも馬鹿ねえと言われて、そんな台詞《せりふ》は聞き飽きてると返して平気な顔だった。

「今まではどんなに稼《かせ》いでも金が貯まらなくてよ。ここで稼《かせ》いでいれば、その金も貯まりそうだ。それにあんたらは腕が立つから、なおのこと好都合だぜ」

ダレンは、俺の腕に関してはよくわかっていないが、アメリアの魔法にはやたらと感心している。魔法で敵を吹き飛ばしているのが、わかりやすい活躍に映ったのだろう。

しばらく話をしていて、ダレンは馬鹿と言うより、細かいどころか大きなことすら気にしない豪快すぎる性格をしているだけだと気がついた。

「奥さんはしっかりした人がいいわよ。特に、お金使いが荒い人は堅実な人を選ぶべきだわ。それに、お金が必要なら質素《しっそ》な生活が一番だそうよ」

ダレンはそうかも知れねえなと言って、アメリアの言葉に顔をにやけさせた。

きっと今から、ハーレムの一人目をどうしようかと思い巡らせているに違いない。

どうも人生設計が既にできあがっているようで、それほど長くは一緒にやれなさそうだ。

算数ができないと、貯金も計画的なお金の使い方もできないと聞いたことがある。

足し算と引き算さえ覚えれば、お金はすぐに貯まるだろうから、そうなったときはお別れだろう。

午後も午前中と同じように過ごして、俺たちは夜になって探索を切り上げた。

ワープゲートで、ギルド支部近くの路地裏に出る。

ダレンは戦利品を持って、ギルドの建物の中に入っていった。

俺たちは、ギルドの空気が気に入らないとか適当な理由をつけて、この役目を彼に預けている。

それで、ダレンは金の入った袋を持ってギルドから出てきた。

「パーティメンバーも一緒に来てくれないとランクが上がらないとか吐《ぬ》かしやがるから、俺一人でこんだけ出したことにしといたぜ」

「それでいいですよ」

俺は、ダレンから金の入った袋を受け取って中身を数え、その三分の一をダレンに渡した。

儲《もう》けは、一人あたま二百五十四シールだった。

階層を二つも下げただけあって、三人になっても稼《かせ》ぎはそれほど落ちてない。

「おう、三人で分けたらちょうどこんなもんだな。それじゃ明日もよろしく頼むぜ」

一瞬で三等分できたなんて夢にも思っていないダレンは、目分量と判断しても文句もないようだ。

しかし、よもやの一言がアメリアの口から漏《も》れる。

「面倒でも、ちゃんと分けないとよくないと思うわ。こういうのは揉《も》め事のもとなのよ」

「まさか、ちゃんと三等分したよ」

俺の言葉に、アメリアは驚いたような顔を見せた。

その様子に俺の方が驚いてしまった。やはりアメリアも割り算はできないらしい。

家に帰ってからも、ご飯を食べ終わるまで計算の仕組みを詳しく聞かれた。

「やっぱりカエデって不思議なところがあるわね。そんなに計算ができるなら、商人なんてどうかしら。商人の家にしか伝えられていない計算方法とかあるんだけど、それを知らなくてもカエデならできそうじゃない？」

「そうよ。それがいいわ。貴方《あなた》は、その才能を活かして商売を始めなさいよ。アメリアを看板娘にして、貴方《あなた》が店主、私は泥棒《どろぼう》が来ないように見張りをやるわ。ぜひ食べ物を扱うお店にしましょう。倉庫のネズミ番も私がやるわ！」

「俺は、商人が扱ってる物の相場も知らないんだから無理だよ。それよりは、まだ魔法の才能に賭《か》けた方が目がある思うね」

「それなら、いい召喚士に精霊を頼んだ方がいいわね。高いかもしれないけど、魔法使いとしてどうなるかは精霊で決まるの」

「そうね。私くらい高位の精霊を見つけられたら、冒険者としても成功するかもしれないわ。貴方《あなた》に合う精霊がどんなものかは、まだわからないけどね」

「そっちは、とりあえずリリーより愛想《あいそ》のいい精霊が出てくることを期待するしかないな。できれば、リリーよりも格の高い精霊に出てきて欲しいところだけどさ」

とりあえず性格だけでも、リリーよりはマシなのを願いたい。

とにかく高位であれば頭もいいそうだから、そこに賭《か》けるしかないだろう。

リリーに悪意はないのだが、いちいち言葉が突き刺さるようなのは嫌だ。

「私よりなんて軽く言ってくれるじゃない。変なのが出たときはたんと馬鹿にしてあげるから覚悟しておきなさいよ。家の次は、貴方《あなた》の精霊を呼び出すのね。楽しみだわ」

「よし、街で一番高い召喚士に頼もう。マジでとびきり腕のいいのを探すよ。そしたら、リリーがぐうの音も出ないくらいのが呼ばれてくるんじゃないか」

「そう簡単にいくわけないじゃない。召喚士に呼び出される精霊は、貴方《あなた》に共鳴したものなのよ。召喚士の腕がよくたって、共鳴した中でせいぜい一番優秀そうなのが出てくるだけよ。候補に挙がらないものは、どんな召喚士でも呼び出せないわ。貴方《あなた》は、どうにか口がきけるくらいのを予想しておいた方がいいわね」

確かに、期待しすぎてて変なのが出てきたら、さぞかしショックだろう。

それでも俺は、猫だけは絶対選ばないようにしようと決めてあった。

リリーを見ればわかるが、猫は人に対して絶対になつかないのだ。

そういう部分で、精霊は依《よ》り代《しろ》の性質を受け継いでしまうのではないかと思う。

しかし、喋《しゃべ》ることもできなかったらと思うと、正直に言って少し怖い。

精霊というのは、どんなときでも契約者の味方になってくれる精神的にも大切な存在だ。

それが喋《しゃべ》ることもできないとなったら、俺は寝込むかも知れない。

迷宮で見かけたエルフの男は、小さなトカゲを使い魔として連れていた。

その精霊も、二歳児くらいの喋《しゃべ》り方しかできていなかった。

街で見かける野良《のら》の精霊もそうだが、リリーほど喋《しゃべ》れる精霊というのは少ないのだ。

王都に来てから、路地裏などで人に紛《まぎ》れて生活しているような動物を何度か見ている。

最初は何事かと思ったが、それが精霊であると、後になって教えられた。

畑にも農家が契約している、喋《しゃべ》って動くカラスみたいなのが、カカシの代わりをしてたりする。

あまりやらないそうだが、そういうのもありなのかと驚いてしまった。

やはり目標は、喋《しゃべ》れる哺乳類《ほにゅうるい》だろう。

小鳥というのも、見た目が癒《い》やされていいかもしれない。

まあ、やってみるまではわからない。

俺はちょうどいい時間になったので、浴場に向かってワープゲートを開いた。

そこでお湯を浴びて帰ってきてから、アメリアと石窯《いしがま》を作り、科学の授業をやって寝た。

そろそろ夜は本格的に冷え込むようになってきたので、俺は夜中に何度も寒さで起こされてストーブに薪《まき》をくべることになった。

5

翌日もダレンとともに八階へと潜る。

気をつけてはいたのだが、昨日ゲイザーと目を合わせすぎたせいで、まだ気分がよろしくない。

なのに、ダレンはなぜか平気な顔をしていた。

今日もなるべく地面だけを見て、ゲイザーの目を見ないようにする。

六階よりは少しましだが、ライバルが多いせいか、ゲイザーの落とす魔結晶《まけっしょう》のドロップ率はよくなかった。ドロップ率もよくない上に、魔結晶《まけっしょう》自体も小さいものが多い。

昨日は気にならなかったが、正直、期待していたよりも稼《かせ》ぎがよくないように思えてきた。

俺とアメリアは、マナの量が常人より多いので魔法への抵抗もあるから、もう少し下に行きたいところだが、ダレンが敵の魔法攻撃に耐えられそうにないので見送っている。

彼には、敵の攻撃を避けるという選択肢がまるっきり欠けているのだ。

だから、本格的な魔法攻撃を使われると正面から食らってしまい、耐えられないんじゃないかという気がする。

例えばゲイザーの電流攻撃自体は、触手に触れたらしびれる程度なので大したものではないが、打撃や斬撃のような直接的な攻撃と違って、こういった搦《から》め手や魔法的な攻撃は竜人の鱗も守ってくれないようなのだ。

そんなことを考えていたら、エリアセンスに冒険者の一行らしき一団が引っかかったので、鉢合《はちあ》わせしないように探索の方向を変えた。

いくら広い迷宮内とは言っても、こうも同業者が多いと、会わないようにするだけでも一苦労だ。

慎重にやることだけを考えて、俺は八階での二日目を過ごした。

昨日と同じように、昼飯時《ひるめしどき》は算数の時間になり、夕方にはダレンに換金を任せたあと、家に帰った。

そして今夜も石窯《いしがま》作りを手伝う。

昨日で土台は終わったので、今日は煙突付きの石窯《いしがま》の中身を買ってきた。

「この台座を上に載せて、その周りにアーチを作るように煉瓦《れんが》を並べるの。粘土《ねんど》は隙間《すきま》を埋《う》めるように使ってね」

石窯《いしがま》というのは、ようは底の浅い焼却炉のようなものだ。

元の世界でも、かまくらのようなそれをピザ屋で見たことがある。

俺が雑なのもあるだろうが、やはり二人で作業すると早い。

台座の上に載せた鉄製の中身に煉瓦《れんが》を重ねていくだけなので、作業自体もそれほど難しいわけじゃなかった。

しばらくすると、それなりの形になってくる。

「ちょっとトイレ行ってくるね」

と言って、俺は作業を抜け出してトイレに立った。

扉を開けるだけで小屋ごと揺れる、いい加減な作りをした、あのトイレだ。

足の下を流れている水に向かって用を足し、尻を洗って風で乾《かわ》かした。

乾《かわ》ききらない部分はタオルで拭《ふ》く。

トイレの壁には打ち付けられた棚があり、そこに二つのタオルが並んでいる。

俺用とアメリア用だと言って、アメリアが用意してくれたものだ。

そう、アメリア用のタオルが目の前にある。

さっきアメリアも用を足していたはずなので、おそらく使っただろうと思われる。

匂《にお》いはするのだろうかという恐ろしい考えが起こって、俺はそれを振り払った。

そんなことをしていたなんて知られたら、何を言われるか想像も付かない。

このようなことを考える俺は頭がおかしいんではないかという、別の恐怖も起こった。

でも、濡《ぬ》れているのかなということが気になる。

ちょっとだけ触れてみようと、おそるおそるアメリアのタオルに手を伸ばしたところで、いきなりトイレの扉が開いた。

「なにしてるの」

普段よりも二オクターブくらい低い声のアメリアに、俺は飛び上がりそうなほど驚いた。

振り返ると、感情が抜け落ちたような顔で、アメリアがこちらを見ていた。

「それは私のタオルよ」

「ん？　そうだっけ？」

俺はこんなにも役者だったろうかと思うほど、会心の返しができた。

しかし、そんな俺の返しにも、アメリアの表情は改善の兆《きざ》しを見せない。

「ひどいわ。そんなものを触るような人とはもう一緒に暮らせない。出ていかせてもらいます」

目に涙を浮かべたかと思うと、俺から視線を外し、肩を怒らせて家の中に入ってしまった。

俺は必死で追いかけて、そのままアメリアの部屋に入る。

「ちょ、ちょっと待って。乾《かわ》かすために広げておこうと思っただけだから。決して邪《よこしま》な気持ちじゃないんだよ」

「リリーが遅いから何かあったのかもなんて言うから行ってみれば、そんなことする人なのね」

「ちがうって、誤解だって、なんで荷物をまとめてるの。待ってよ、一緒に暮らすのが嫌なら今日から俺が外で寝るよ。それならいいでしょ」

「もう無理よ」

「本当に悪気《わるぎ》はないんだって、本当に、濡《ぬ》れてたら乾《かわ》かさなきゃって思っただけなんだ。本当に最近は真面目《まじめ》に生きようと努力してるんだよ。俺が外で寝起きしたら、一緒に暮らしてることにはならないだろ。どうか、それで手を打ってくれないかな」

アメリアに軽蔑《けいべつ》の視線を向けられて、俺は心臓が凍《こお》りつきそうだった。

しかし、その視線にゾクゾクして、また俺は自分の正気を疑わなければならなくなり、それでもひたすらに謝り倒した。

少しして、アメリアはため息をついた。

「こんな寒いのに、外なんかで寝たら死んじゃうわよ。しょうがないから一度だけ許してあげる。次はないわよ」

俺は神妙な顔ではいと返事した。

それきりアメリアは、普段通りに接してくれる。

最近は真面目《まじめ》に生きようと努力しているのに、どうも上手くいかない。

それにしても、アメリアはどうして許してくれるのだろうか。

「アメリアは、いつもそんなこと言って許してくれるよね」

「そんなことないわ。次はないんだからね」

「ブランドンの手下が俺を殺そうとしたときにさ、身を挺《てい》して庇《かば》ってくれようとしたよね。とっさにそういう行動が出たってことは、もしかして俺のことが好きだったりしないのかな？」

「そう、反省の態度も見せずにそんなことを言い出すのね。あ、あれは、魔法壁を作り出そうとしただけです！」

「じゃあなんで顔が真っ赤なの。それに、どうしてそんなに怒ってるの」

あと、アメリアは魔法壁なんて魔法が使えただろうか。

「恥ずかしい話をしている自覚もないのね。もう怒った。絶対に許してあげない」

うーん、この反応はどういう意味があるのだろうか。

リリーならなにか知ってるかもと目をやるが、アメリアのベッドの上で、水に浮かぶ鴨みたいな格好をしながら静かにこちらを見ているだけだ。

夕日が入ってくるから、暖かくて心地がいいのだろう。

「怒るってことは、あんがい図星なんじゃないのかな。あんまり田舎《いなか》に引きこもってたから、好きとかそういう感情がわかってないだけじゃないの。気になるとか、そういうのが好きってことなんだよ。そういう感情に心当たりはない？」

「だから違うって言ってるでしょ！　勘違《かんちが》いもいいとこだわ。もう怒った」

否定する態度に力がなくて、それが可愛《かわい》い。

こんな話をするだけでアメリアはうろたえてしまうのだ。

なんでそんなに顔を赤くしてるのかと、からかいたい衝動が抑えきれない。

「その気になったら、いつでも夜這《よば》いに来てよね。俺ならいつでもウェルカムだから」

俺が調子に乗っていると、アメリアが俺の胸に手を当てた。

なんのつもりだろうと思って見ていたら、アメリアが魔法の名前を口にする。

「ルサルカズモス！」

俺の胸でアメリアの手が光り、衝撃とともに頭の中が停電した。

意識が真っ暗になって、あるのは豆電球くらいの光が一つだけ。

薄い光に目を凝《こ》らしてみると、それがおぼろげな輪郭《りんかく》に変わる。

その光はアメリアだった。

暗闇の中で、小さな光にすがりつくような気持ちが生まれた。

自分が今、何をしているのかもわからない。

不安に思っていると、アメリアからそこに座りなさいと命じられる。

俺はそれが嬉しくて、言われた通り、切り株でできた椅子《いす》に腰掛けた。

命令がなくなると、なんだかすごく寂《さび》しいような気持ちになる。

アメリアに石窯《いしがま》を作りなさいと言われて、心の中にまた豆電球が光った。

暖かい光に包まれたような心地で、その指示に従って石窯《いしがま》を作りはじめた。

ここはこうしなさい、そんな風にしちゃ駄目よ、そんな指示を受けるだけで幸せな気持ちになれた。

必死でアメリアの指示に従っていて、それがとても心地よいのだ。

石窯《いしがま》を一生懸命作って、それが終わったらお湯を沸《わ》かすように命じられた。

お湯が沸《わ》くまで命令がなくなってしまって、ひどく寂《さび》しい気持ちになる。

それでなにか話しかけて欲しくて、アメリアのあとをひたすらついて回った。

しばらくしてアメリアが手を叩《たた》くと、俺の頭の中で起こった停電は終わった。

「今のが、人の心を虜《とりこ》にする魔法よ」

アメリアが目を細めて、ほら怖いでしょ、というような顔を作っている。

俺は自分の意識が戻ってきて、さっきまでの感覚が失われたことに寂《さび》しさを覚えた。

なんだか、アメリアの愛に包まれているようで、不思議な感覚だった。

全然嫌な感じはなくて、気に掛けてもらえることが嬉しくてしょうがないのだ。

「ねえ、もう魔法は解けたのよ。大丈夫？」

ボケッとしている俺の顔を、アメリアが心配そうな顔でのぞき込んできた。

さっきまで自分の体の感覚さえ意識できなかったのに、それがなくなった俺はひどく疲れを感じていた。

「体がひどく疲れてるんだけど、まさか、こき使ったりしてないよね」

「なに言ってるの、さっきまでのことはちゃんと覚えてるでしょ。石窯《いしがま》を作らせたり薪《まき》を運ばせたりしただけよ」

「ちょっと怒らせただけで、人を奴隷《どれい》にするなんて感心しないね」

「大げさに言わないで。途中になってた仕事を済ませただけでしょ。それに、私はこの魔法を今までに二回しか使ったことがないわ」

「一回目は？」

「リリーが家の中にタヌキを引きずってきたことがあったの。私が卒倒《そっとう》したのに、まったく気に掛けずに、家の中を血だらけにしたわ。それで燻製《くんせい》を作るとか言い出したから、しょうがなく魔法でやめさせたの。ひどい臭いだった。そのときが、一回目」

リリーを見ると、まだベッドの上で目を細めながら気持ちよさそうにしている。

特に、そのときのことについて言いたいことはないようだ。

俺はその様子に少し笑った。

「なるほどね。それじゃ俺は浴場にでも行ってくるよ」

「ゆっくり行ってきてね。私が体を洗う前に帰ってきても、外で待たせることになっちゃうわ」

俺はわかったと言って、浴場へのゲートを開いた。

疲れた体に、ちょっと熱めのお湯が染み渡るようで気持ちよかった。

何度も浴びてたら、店の親父に追加料金を取るぞと怒られてしまった。

帰ってきてから、薪《まき》をいくつか家の中に移して、いつでもくべられるようにしてからベッドの上で横になった。

アメリアの前では言わなかったが、あの魔法はくせになる何かがある。

なんだか、しっとりとしたものに守られているような安心感があった。

命令を受けるたびにアメリアの愛が感じられるようで、それがたまらないのだ。

それにしても、アメリアの俺に対する気持ちはよくわからない。

まったく気がないようにも見えるし、気に掛けてくれているようでもある。

まあアメリアは、そういうことを曖昧《あいまい》にしたりはしないだろう。

ひいき目に見ても、友達として気に掛けてくれてるくらいかなと俺は結論付けた。

打率ゼロが期待しても、辛《つら》い思いをするだけなのは骨身に染みている。

6

それから一週間ほど、迷宮の八階をダレンと回る生活を続けた。

石窯《いしがま》は完成して、今は風呂場を作っている。

ダレンも一桁《けた》の足し算からは卒業して、二桁《けた》の足し算を習っていた。

「頭がパンクしちまいそうだ。こんなことを覚えて何かの役に立つのかよ。いったいこれはなんなんだ。おいカエデ、数ってのはなんなんだ」

「数というか、算数というのは、自然を表記するための言語だそうですよ。だから覚えておいて損はないはずです。お金持ちになれます」

「よくわからねえが、金持ちになれるのか」

「それよりも、今日はそろそろ切り上げましょう。このあと、俺の精霊を召喚する予定になってるんですよ」

「おお、そりゃめでてえな。だけど、どうやら精霊ってのは、死体を前にして待ってるだけじゃ駄目みたいだぜ」

「ええ、召喚士にお願いして呼んでもらうつもりです」

ダレンはなるほどなと言って頷《うなず》いた。

それで俺たちは地上に戻り、いつも通り換金してからダレンと別れて、召喚士ギルドへと向かう。

下調べでは、一番高い召喚コースで二千シールほどかかることがわかっている。

その場で呼び出されたものを拒否すれば、次の召喚からは千二百シールほどだ。

一番高い召喚コースというのは、腕のいい召喚士が五人ほどで呼び出しをやってくれる。

それ自体に精霊の格を上げる効果はないらしいが、呼び出せる範囲では力の強い精霊が出やすくなる。

あくまでも可能性にすぎず、無駄に終わってしまうことも多いそうなのだが、それでも高い方を頼むことにした。

魔術士ギルドで聞いても、召喚士たちのやり方には批判の声の方が大きかったが、藁《わら》にも縋《すが》りたい俺のような奴が、高いコースを選ぶのだろう。

「いい？　精霊が現れたら、ちゃんと相手の要望を聞いてから契約するのよ。適当に契約したら、あとでひどい目にあうわ。身の回りの世話だけでは済まないことだってあるの。ひどいことをやらされたりする契約もあるんだから、気をつけなくちゃ駄目よ」

　子供に言い聞かせるような調子で、アメリアがそんなことを言う。

「なるほどね。ちゃんと確認してから契約するよ」

「どんな精霊なら契約するかは決めてあるの？」

「そうね。哺乳類《ほにゅうるい》であること、人懐《ひとなつ》っこい性格であること、大きすぎないこと、性格がおとなしいことかな」

「ちゃんと考えてるのね。やっぱり、火とか風の精霊にするつもり？」

「それはね、大地の精霊でいこうと思ってるんだ」

　水と大地は女性的だと聞いたことがある。

　どうせ味方にするなら、女の子っぽい喋《しゃべ》り方をしてくれた方が嬉しい。

　リリーが水の精霊だから冷たい性格をしている可能性も考慮して、俺は大地の精霊でいくことにした。

　しかしアメリアに女好きと思われても嫌なので、そこは誤魔化《ごまか》しておく。

「なんと言っても、大地というのは偉大だからね。だって今、俺たちが宇宙に飛ばされずに一緒にいられるのも、空気があって風が起きるのも、水があって生活できるのも、大地のお陰なんだ。生命が地上にあるのは大地のお陰なんだよ」

「また、そんな訳のわからない理由で、私のことを馬鹿にするのね。どうして生命が大地のお陰なのよ。水のお陰だわ。あんまり私のことを馬鹿にしてると破門にするわよ」

俺が考えていた言い訳を述べると、それで馬鹿にされたと感じたのか、リリーがアメリアのフードから飛び出してきた。

俺としては、別にリリーを怒らせようと思って考えたわけではない。

なので取り繕《つくろ》っておくことにする。

「そんな。馬鹿にしてるわけじゃないんだよ。ただ、大地の方が偉大な感じがしてね。俺は水にも感謝しながら暮らしてるよ。リリー師匠には、さらに感謝しながら暮らしてるしね」

「それがわかってるならいいわ」

「でも、火の方が攻撃に使えて冒険者には向いているし、風はカエデの魔法と相性がいいと思うわ。本当に大地でいいの？」

心配症のアメリアは、どうも気の休まることがない。

「いいのいいの。だって精霊の属性なんて……精霊の属性は、術者の魔法にそれほど影響を与えないというからね」

リリーの目が細くなったので、俺は慌てて言い直した。

魔法のアシストをする役目においては、精霊の属性など小さなものらしい。

だから俺は大地の精霊でいくことに決めたのだ。

それに火の精霊は、迷宮で出会ったエルフの男が連れていたが、かなりわんぱくで扱いにくそうだった。

そのイメージでいくと、風の精霊はさらに暴れん坊か、無感動で冷めてるかのどっちかだろうという感じしかしない。

大地にはそういった心配がなくていい。

上手くごまかせたなと思いながら、俺は召喚士ギルドの入り口をくぐった。

受付に一番高いコースを申請する。

前金で二千シールを払うように言われたので、素直に支払った。

すると召喚士が五人ほど出てきて、街外れの召喚場所へ連れ出される。

儀式を行うのであろう、神社のような建物がある場所へと案内された。

そこで石段の上に火が焚《た》かれ、魔法陣を囲むようにして召喚士が並ぶ。

「それでは、今から精霊を呼び出します。ご希望は大地の精霊ということでよろしいですか」

その言葉に、おのずと緊張が高まってくる。

俺は、お願いしますと答えた。

召喚士たちは皆それなりの年齢で、頼もしい感じがする。

魔法陣を囲む召喚士の輪に加わる必要があるらしく、俺はその輪の中に入った。

そして、言われた通り、力を貸してくれるように念じる。

あまりに本格的な雰囲気《ふんいき》に、俺は少し気後れしていた。

ここまで大がかりなことをやって、変なのが呼ばれた日には目も当てられない。

必死で力を貸してくれと念じた。

まるで、回り念仏のような召喚士たちの詠唱が始まる。

五人の詠唱が重なり合って、本当にすごいことが起こりそうな雰囲気《ふんいき》がある。

しばらくして魔法陣が輝きはじめた。

「力のある存在を感じます。これは期待できますよ」

召喚士のひとりが俺に言った。

思わず、お前は途中で詠唱を止めてもいいんかいと突っ込みそうになってしまった。

上の空ではなく、是非《ぜひ》とも全力でやってもらいたい。

そして魔法陣の光がひときわ強くなり、俺に共鳴したという精霊が現れた。

「ごんにじば～。おでばねー、おでばねー、どでもじがらのばるぜいれいなんだよお。よどじぐおねごいじまず～。ぜじどもげいやくじでね」

現れたものを見て、誰もが言葉を失う。

現れたのは——そう、わかりやすく言えばヘドロスライムといった感じだ。

黄ばみがあって、前に馬小屋で見た小便の水たまりに似ている。

こんなものに精霊が宿ることなどあるのだろうか。

一応、喋《しゃべ》ってはいるが、ほとんど何を言ってるのかわからない。

いったいどうやって声を出しているのか、むしろ声が出ていることの方に奇跡的な何かを感じる。

「あ、すみません。チェンジでお願いします」

「ぞんばあ～」

「すみません。精霊様、どうか今回はお引き取りください」

「ええ～！」

召喚士の言葉に、ヘドロスライムは寂《さび》しそうに森の中へと消えていった。

ヘドロスライムがいたところは、嫌な感じで汚れが残っている。

本当に、馬の小便に憑依《ひょうい》した精霊じゃないだろうな。

「おかしいですね。確かな手応《てごた》えを感じたのですが。それでは、ちょっと我々の方に手違いがあったかもしれませんので、次は特別に安くしましょう」

むちゃくちゃ納得できないが、次は八百シールの追加料金でもう一度呼んでくれることになった。

そして、再び詠唱が始まる。

俺は、まともな精霊様、まともな精霊様と心の中で繰り返した。

ところが、次の召喚で現れたのもヘドロスライムだった。

「おでばおばえがぎにいっだ。おでとげいやぐしでぐれ」

いくらなんでも、もうちょっとまともに喋《しゃべ》れないと俺も嫌だ。

向こうは俺のことを気に入ってくれたようだが、これでは意思の疎通《そつう》もままならないではないか。

心は痛んだが、帰ってもらうしかない。

「そう言われてもな、悪いけどまたの機会ということでさ……」

「どうじでだよ～」

そう言いながら、ヘドロスライムはまた森に消えた。

さすがに、もう一度頼むお金は残っていない。

「こんな結果になってしまい、申し訳ありませんでした。確かに力のある存在を呼んだはずなのですが……。なぜ、あんな水たまりのようなものが召喚されてしまったのか、我々にもわかりません。気を落とさないでください。次こそは、きっとすばらしい精霊が現れてくれることでしょう」

俺の中に、本当にこいつらに悪気《わるぎ》はないのかと疑う気持ちが起こる。

まさか金儲《かねもう》けのために変なのを呼び出してるわけじゃないだろうな。

それとも、本当に俺には魔法の才能がないのだろうか。

「私は、あのような状態で喋《しゃべ》れていることに、力の大きさのようなものを感じますが、さすがにあれを連れて歩くのは嫌でしょう。次に期待するしかありません」

召喚士のひとりが慰めのつもりか、そんなことを言う。

だいたい同じものを二回呼び出しておいて、どうして二回分の金を払わせるのか。

二回目など、まだそこら辺をうろついていたであろうヘドロスライムを呼び出しただけだ。

魔術士ギルドの言う通り、かなりあくどい商売じゃないのかと思える。

それにしても、気が重い。

後ろにいる、アメリアたちの方を振り向くのが嫌だ。

二人と一匹で、一週間掛けて稼《かせ》いだお金を使って、呼び出せたのがあんなものだったのだ。

何を言われても、どんな罵声《ばせい》を浴びてもおとなしくしていようと心に誓いながら、俺は振り返った。

そしたらアメリアの肩の上で、今までに見たこともないような笑顔を見せる黒猫がいた。

そういえば散々馬鹿にしてたっけかと、俺は苦々しい思いでその笑顔の前に立った。

「ちょっと上手くいかなかったよ」

「ちょっと！　ちょっとですって、アメリア！　ちょっと、どころじゃなかったわよねえ。私はあんなみすぼらしい精霊を見たことがなかったわ！　ねえ、貴方《あなた》、今、どんな気持ちなのかしら。今まで散々、私のこと馬鹿にしておいて、自分の呼び出した精霊が言葉もまともに喋《しゃべ》れないなんて、今、どんな気持ちなの!?」

「く……」

「く？」

「くやしいれす！」

馬鹿のふりをして叫んでみた。

本気で悔しくて、こんなごまかし方しかできなかった。

俺は思い上がっていたのだろうか。

「なによその顔。馬鹿にしてるなら引っ掻《か》くわよ!!」

俺の対応に、リリーは容赦《ようしゃ》なく殺気立つ。

アメリアの肩から身を乗り出して、俺の頬《ほお》に手を添える。

本気で落ち込んでいるというのに、手加減してくれる気配すらなさそうだった。

7

「ねえねえアメリア聞いて聞いて、散々大口を叩《たた》いておいて、馬のおしっこを呼び出した奴がいるのよ。信じられる？　散々、私のことを、頭が悪いとか、心がないとか言っておいて、あのざまなの。信じられないわよねぇ!?」

もう家で夕食を食べる段になっているのだが、俺はリリーにからかわれ続けていた。

アメリアはお金のことについても責めず、俺のことを慰めてくれている。

だが、自分には魔法の才能があると浮かれていただけに、俺はダメージが大きい。

なまじっか優秀な召喚士に頼んでしまったので、こうなると言い訳のしようもない。

これ以上の召喚士はいないというレベルを五人も集めて、出てきたのがアレなのだ。

「リリーだって、俺に魔法の才能があるって期待させた一人なんだぜ。それなのに、どうしてこういうことになるんだよ。師匠を気取ってるけど、見る目がないいんじゃないのか。俺のことばっか責めてるけど、お前も間違ったことを言ってたんだぜ」

「魔法の才能はあるわよ。なぜか、エルフの血を引くアメリアよりもあるでしょうね。だけど貴方《あなた》に共鳴したのは、馬のおしっこしかいなかったのよ。私の目に狂いがあるわけないじゃない。ただ貴方《あなた》の人間性に問題があっただけだわ。でも、結構素敵な精霊だったじゃない。貴方《あなた》に、とっても似合っていたわよ。どうして帰らせちゃったのかしらね。契約すればよかったのに」

リリーはアメリアの肩の上から降りて、俺の膝の上に飛び乗った。

そして俺の顔を覗《のぞ》き込んできて、こう言ったのだ。

「馬のおしっこと！」

俺はたいそう機嫌をよくしているリリーの頬《ほお》を摘《つ》まんだ。

笑顔の猫というのも変な感じだ。

「思い上がっていてすみませんでした。もう二度と師匠のことを馬鹿にしたりしません。いい加減に許してください」

これ以上いじられると本当に落ち込んでしまいそうだったので、仕方なく俺はリリーに謝った。

謝ればリリーだって、これ以上はいじめないだろう。

「そうよ。いくらなんでもリリーは言いすぎだわ。こんなに落ち込んで、カエデがかわいそうよ」

「ろうひて顔をふまむのかひら。まあひいわ。もう十分楽ひんだから許ひてあへる」

俺は焼きたてのパンをかじりながら、残りの時間は風呂作りにでも充《あ》てようと考えた。

共有スペースには、アメリアの作ったテーブルが置かれている。

椅子《いす》も切り株からちゃんとした物に変わっていた。

その間、俺は風呂場作りに精を出していたのだ。

小さな小屋の中には、外から火を焚《た》ける竈《かまど》ももう設置してある。

落ち込んでるときは、なにか物作りでもして気分を紛《まぎ》らわせるのがいいと聞いたことがある。

風呂でも作っていれば、少しは気分も紛《まぎ》れるだろう。

しかし、俺の何が興味を引くのか知らないが、リリーがあとをつけ回してくる。

たぶん落ち込んでいる俺を見て、優越感のようなものを味わっているに違いない。

「これがお風呂なの？　ただの竈《かまど》にしか見えないわ」

「こうやって外から火を焚《た》いて水を温めると、この小屋の中も暖まっていい具合になるだろ。この小屋の中でお湯を浴びるんだよ。だけど、この鍋の中には入らないでくれよな」

既に大きな鍋を買ってきて、竈《かまど》の上に据え付けてあった。

なるべく広くて底が浅めの鍋を見つけてきて、竈《かまど》の上にはめ込んだのだ。ここに水を入れて沸《わ》かすつもりだった。

小屋のできはトイレとあまり変わらないが、火を焚《た》けば十分に暖まるだろう。

小屋の中が壁の隙間《すきま》から見えないように、すだれのようなものも買ってきて外に立てかけてある。

あとはこの煉瓦《れんが》で作った竈《かまど》の粘土《ねんど》が乾《かわ》けば完成だ。

俺たちの家は林にも近く、薪《まき》の方は贅沢《ぜいたく》に使えるから風呂を沸《わ》かすくらいの余裕はある。

火は外から燃やすようにしてあるので、煙が中に籠《こ》もることもない。

床には、自作したすのこがちゃんと敷いてある。

その下に、お湯を流すための溝も作った。

我ながら完璧な作りだ。

粘土《ねんど》が乾《かわ》くまでの間は、小物作りに励《はげ》むことにしていた。

今日は、桶《おけ》と椅子《いす》を作り、着替えを置いておく棚を壁に取り付ける予定である。

作業をしていると、嫌なことも忘れて、いいものを作ろうと夢中になれた。

作業を終える頃にはちょうどいい時間になっていたので、俺は浴場には行かずに寝た。


次の日もまた八階で、宙をふらふら漂うゲイザーの相手だ。

「精霊は駄目りゃったのか、とりゃ残念だな」

ゲイザーの電流にしびれながら、ダレンが言った。

敵に囲まれても話すことに気を取られるという、彼特有の剛胆《ごうたん》さだ。

ダレンは最近になって、やっと俺とアメリアを区別できるようになった。

それに貯金を始めたそうで、質素《しっそ》に暮らしているらしい。

アメリアの影響を少なからず受けているのかも知れない。

宿屋にある、俺が金がないときに泊まることになりかけた、あの馬小屋よりも酷い部屋に泊まっているというから驚きだ。

あの恐ろしい部屋を、俺はいまだに悪夢で見ることがある。

「そんな悪い部屋じゃねえ。疲れて死んだように寝るだけなんだから、場所なんてどうでもいいことに、最近になって気がついたんだ。ちょっと寒かったから、部屋の中で焚《た》き火をしようとしたら、宿の親父が俺にだけ毛布を貸してくれるようになったんだぜ」

もちろんタダだと、ダレンは付け加えた。

宿屋の親父も気の毒なものだ。

街外れの安宿に、客を選ぶほどの余裕はないのだろう。

俺たちは、その日も夕方頃まで迷宮内で過ごした。

俺の魔法剣の習得は、振動で止まってしまっている。

八階でも振動だけで何も困らないからだ。

換金を終えると、二人で四百シールほどの金が手に入った。

俺としては、この金を魔法剣の進化に充《あ》てたい。

「ひとまず精霊は保留にして、魔法を覚えはじめない？　装備を買うのもいいと思うけど」

「そうね。カエデは精霊なしでも魔法を覚えられるんだから、初級魔法くらいならそれでもいいと思うわ」

「なら、私とカエデが講習を受けましょうよ。そのあとで、カエデがアメリアに教えたらいいじゃない」

あれからアメリアも、ワープゲートの魔法が使えるようになっている。

俺が最低料金で魔法を覚えてしまったから、相当安く済んだことになる。

前衛の俺が、後衛のアメリアよりも先に魔法を覚えるという、ちょっとおかしな状況になるが、それが一番安くすむということなら仕方がない。

「私はそれでいいわよ」

ふてくされた様子もなく、アメリアはリリーの意見に賛成した。

俺たちはそのまま家に帰り、俺は風呂釜《ふろがま》に薪《まき》を大量にくべてから火を付けた。

これで粘土《ねんど》を焼けば、風呂は完成する。

その火の番をアメリアに任せて、俺はリリーとともに魔術士ギルドへ向かった。

受付で一般魔法を教わりたい旨を伝えると、すぐに指導員の魔術士が出てくる。

攻撃魔法ですかと聞かれたので、そうですすと答えると、魔術士は街外れへとゲートを開いた。

魔術士に続いてゲートをくぐると、開けた平地に崖《がけ》の露出した場所に出た。

崖《がけ》には魔法の試し打ちをしたであろう跡が、いくつも付いている。

「今日は、どんな魔法の指導をお望みですか」

「そうですね。一般魔法の中で、よさそうな攻撃魔法があればそれをお願いします」

「一般魔法はまだ何も覚えておられないのですか」

「ワープゲートと光源と治癒《ちゆ》は覚えています。攻撃魔法は一つも覚えてません」

「なるほど、変わった順番で覚えたものですね。素質はあるようですから、攻撃魔法もすぐに覚えられるでしょう。では、ラヴァバレットを教えますよ」

赤く溶けた溶岩を呼び出す召喚魔法だという。

魔術士が俺の前で使ってみせる。

そして、魔法のイメージを教えてくれた。

召喚といっても、呼び出した岩に熱エネルギーを付加するだけの魔法だった。

そのイメージはすでに考えていたこともあり、魔法は一回で成功した。

「ああ、この魔法は既に習得済みでしたか。それでは次にサークルファイアを教えましょう。対象に当たると炎をまき散らす、中範囲の攻撃魔法です。使い勝手がいいですよ」

凝縮《ぎょうしゅく》した魔力を、命中と同時に地面に広げて炎に変える魔法だった。

この魔法も、オリジナルで何度か使ったことがあったので、その規模を大きくするだけで成功した。

しかし今回の成功で、指導員の魔術士は怪訝《けげん》な表情になる。

「いや、この魔法は自分で考えて何度か練習していたんですよ」

俺は空気を読んで言い訳をしておく。

それでも魔術士は納得しないようで、首をひねりながら、次にファイアーボールの魔法を教えてくれた。

それも一回で成功する。

アメリアの我流のものと違い、いわゆる〝正統〟なファイアーボールは爆発も起こすものだった。

ただ、たとえ正統でなくても、アメリアが使うのを何度も見ていたお陰で、俺は三回練習しただけで習得する。

だけど、アメリアの魔法ほどの威力は出ないし、ホーミングさせることもできない。

「随分とすごい才能をお持ちなようで。もはや、才能と呼んでもいいのかというレベルですね。相当魔法を使ってこられたのでしょう」

俺はそうですねと言って、誤魔化《ごまか》した。

氷で作り出した槍《やり》を、キネスの上位魔法で発射するフローズンランス、冷気の霧を呼び出すフローズンミスト、風に干渉《かんしょう》の力を与えて操るボイドクロウを二時間の講習で覚えた。

全て覚える頃には、相当の修業を受けてきたものだと考えて、魔術士の男は納得したようだった。

特に蹟《つまず》くこともなく、俺は初級の攻撃魔法を一通り習得した。

中級魔法は講習料が高いので、今日のところは諦《あきら》める。

上級魔法はそもそも使える人が少なすぎて、最近では講習もないそうだ。

覚えてはみたものの、初級魔法はあまり戦力になりそうにない。

とりあえず俺は、初級魔法をアレンジして魔法剣を強化しようと考えた。

前衛で戦う俺には、魔法を詠唱《キャスト》するような時間があまりないので、魔法剣のような持続できるものの方が合っている。

俺は講習料金を払ってから、リリーにお礼の串焼きを買って帰った。

そしたら、かわいそうにリリーは買い食いしたことをアメリアにとがめられていた。

俺に無理を言って買わせたと思われたらしい。

俺としては、おとなしくしてくれていたから買っただけだ。

そのあとは風呂用の竈《かまど》を焼くための火を調整しつつ、アメリアに魔法を教えて過ごした。

魔法を習ったせいで浴場に行く時間はなく、タオルで体を拭《ふ》いてその日は眠りについた。

明日には風呂も完成するから、もう浴場に行くこともない。

あの刺激的な空間を思い出すと、ちょっと惜《お》しい思いもある。

8

次の日は、実際に迷宮でボイドクロウを魔法剣に応用してみることにした。

風の牙が走る魔法で、近距離向きだから、戦いながら発動できないか試してみる。

剣に集めた魔力に魔法のイメージを乗せると、それは簡単に発動した。

剣は届いていないのに、ゲイザーの柔《やわ》らかい表面に三筋の爪痕《つめあと》が走る。

一応成功はしたが、このままでは魔法剣で直接斬った方がダメージが上だ。

理想は、大きく斬り裂いてくれる魔法にすることだろう。

ダレンが加わって以来、ＭＭＯＲＰＧでいうところのタンクがダレンで、メイジがアメリア、アタッカーが俺というような役割になっている。

別に話し合ってそうなったわけではなく、俺が突っ込んでくる敵をかわすと、それがダレンに群がるというだけだ。

俺はもうゲイザーの攻撃など食らいもしないし、精神への干渉《かんしょう》も受けることがない。

だから、半ば作業的にゲイザーを斬り刻んでいるだけだった。

魔法剣の練習にはいいのだが、退屈でしょうがない。

そこで俺は、視界に入った敵に、適当な魔法を撃つことにした。

ラヴァバレットはあまり派手さがないので、ファイアーボールとサークルファイアを適当に放つ。

ファイアーボールは、爆発の中心近くに巻き込めれば、ゲイザーでも一撃で倒せた。

サークルファイアは中心で当てても、端っこで当てても、炎に巻き込まれるだけで、ダメージは変わらない。

この魔法は、爆発の直前までイメージを作れば発動できる。やはり教わった魔法はオリジナル魔法よりも効果が大きくてイメージが楽だ。

これも先人の知恵というやつだろう。

俺は派手な爆発を起こすファイアーボールの方を気に入った。

俺が魔法を使いはじめたので、敵の殲滅《せんめつ》が早まり、おのずから探索のペースも早くなる。

敵がエリアセンスに引っかかったところで魔力を溜《た》めはじめて、出会い頭《がしら》にそれを放つ。

俺はこの世界に来てから初めて、魔法でのまともな攻撃手段を得た。

この日の成果は、一人あたり三百シールを超えた。

できればこのお金で一般魔法の中級まで覚えてしまいたいが、アメリアに魔法を教える方を優先することにする。

今日は、やっと作り終わった風呂も使うことができる。

俺は帰ってすぐ竈《かまど》に火を入れると、鍋に水を溜《た》めた。

ちょうどいい温度になったところで、服を脱いでお湯を浴びる。

風呂から上がってさっぱりしたところで、アメリアとリリーにも入るようすすめた。

もし覗《のぞ》いたら一生奴隷《どれい》と言い渡されたので、俺はおとなしく自分の部屋にいた。

それにしても、アメリアが近くで裸になっていると想像するだけで興奮してくる。

しばらくして、湯上がりのアメリアが現れた。

「本当に気持ちよかったわ。よく作ってあるわね」

「本当にいいものだわ。女目当てで行ってたんじゃなかったのね」

毛が濡《ぬ》れて、いつもより二回りくらい小さくなったリリーもご機嫌だった。

それから食事を済ませて、アメリアに魔法と科学を教えて一日が終わった。

最近は、温かいスープやパンも食べられるようになっている。

アメリアがワープゲートを使って買い物に行けるようになったので、食材にも困らない。

近くを流れてる川が上流だから、洗濯も家の近くでできるし、薪《まき》にも困らない。

適当に場所を決めた割には、最高の立地だった。


一週間ほど経って、初級魔法をアメリアに全て教え終わる頃、それは起きた。

いつものようにダレンが換金を済ませて帰ってくると、その手に手紙を持っていたのだ。

ダレンは、お前にだぜと言って、俺に手紙を渡してくる。

俺たちは換金したお金を三人で分けて、そのまま別れた。

俺とアメリアは、緊張した面持ちで顔を見合わせる。

いったん迷宮内を経由してから、家に帰った。

そしておそるおそる手紙を開けてみる。

俺たちの予想通り、その手紙はブランドンからだった。

まさかダレンに換金を任せていてバレるとは思わなかったので、緊張に手が震えた。

俺は字が読めないので、アメリアに読んでもらった。

「この前は、とんだ手違いで不快な思いをさせてしまい申し訳なかった。近況を報告させてもらうと、俺は乱暴な冒険者に襲われたらしく、地下室で目覚めたときに大怪我《おおけが》を負っていた。その傷のせいで数日のあいだ生死の境を彷徨《さまよ》い、なんとか生還するに至った。俺を裏切って、自分たちの命惜《お》しさに凶悪な冒険者に降伏した屑《くず》どもは逃げ出していたが、捕まえて魚の餌《えさ》にしてやった。俺から逃げることなどできるわけがない。もしお前らが、この前の非礼を忘れてくれるというのなら、俺からは連絡を取ることも、もちろん危害を加えるようなこともあるわけがない。是非《ぜひ》、あの日の迷惑を忘れていただきたい」

「どういう意味かしら、コイツは何が言いたいの？」

「手紙の文面は、逃げることはできないから、怪しい動きをしなければ、見逃してやるって意味のことが遠回しに書いてあるね。証拠にならないように」

文字の歪《ゆが》んだ感じから、相当の恨《うら》みを買ってしまったのがわかる。

しかし、こんな手紙を出してくるということは、俺たちの存在に奴の地盤を揺るがしかねない何かがあるのだろう。

問題が明るみに出ては困るから、しばらくのあいだ休戦を申し出てきたのだ。

それにしても、ローとゲイツは殺されてしまったのか。

ランク八の冒険者が逃げても捕まえられるということを暗に俺たちに言いたいのだろうが、もし本当だとすれば、相当に腕の立つ奴につてがあるということになる。

俺が蹴飛ばしたせいで、手紙を寄こしてくるまでのここ二週間寝込んでいたのもたぶん事実だろう。

それは、連絡が遅れたことに対して言ってるのだ。

ブランドンは、俺たちがワープゲートを使えることも知っているのではないかと思う。

だからこそ、弱みを知っている俺たちを刺激したくないと考えているのだ。

ローとゲイツがあっさり降参したおかげで、向こうは相当に俺の実力を買いかぶっているはずだ。

ゆえに、俺たちに手を出さないことを選んだのは間違いがない。

こうなると、コソコソしていてもしょうがないな。

普通の冒険者として生活するしかない。

警戒を怠《おこた》るわけにはいかないが、向こうを刺激するような動きは控《ひか》えた方がいいだろう。

ギルドでのランクの上がりがあまりに遅ければ、買いかぶっていたことに気がついて手を出してくる可能性もある。

「どうしてバレちゃったのかしらね」

リリーがうなだれた様子で言った。

「ダレンのランクの上がり方が早すぎたんだ。結晶を三人分毎日換金してたから、さすがに目立ったんだと思う。これからは怪しい動きを控《ひか》えよう。あと、俺たちは狙われてもワープゲートがあるし、俺のエリアセンスがあれば警戒もできるけど、ダレンはそうも行かないから、別れた方がいいね。迷惑を掛けることになる」

「そうね」

アメリアが少し寂《さび》しそうに言った。

でも、ダレンの行動はすべてブランドンに筒抜けになってしまうからしょうがない。

すでに代理を立てて換金するのは危険が増すだけで、一緒に行動するメリットもなかった。

迷宮では誰にも会うことはないし、家がばれる心配もまずない。

換金のときだけエリアセンスで警戒しておけば、向こうも手は出せないはずだ。

ブランドンが今の地位を守ろうとする限り、それでしばらくは問題ない。

俺はワープゲートを開いて、ダレンの使っている宿へと飛んだ。

話をつけておくなら、なるべく早いほうがいい。

宿屋の店主に聞くと、すぐにダレンの泊まっている部屋を教えてくれた。

鍵もない部屋を店主が開けると、ダレンがゴザの上で横になっていた。

寝ているのは、赤黒くテカったあのゴザだ。

俺がよくそんなものに触れるなと感心していると、ダレンは俺に気がついたようだった。

「ん？　あんたは誰だ？」

「カエデですよ」

どうやら、俺とアメリアしかいない状況でないと、俺だとわからないらしい。

ダレンはそうかと言って、のっそりと上半身を起こす。

それで何の用だというので、俺は事情があってパーティを解消したい旨を告げる。

「そうか。そりゃ残念だな。まあいいだろう」

それきりダレンには何の感傷もない。

あっさりとパーティを解消することに納得する。

よくも悪くも、ダレンは、物事を気に留めない性格だ。

「最後に、ちっと頼みがあるんだけどいいか」

俺はもちろんだと快く頷《うなず》いた。

だが、ダレンは言い淀《よど》んでなかなか続きを言おうとしなかった。

この男にもためらうことがあるのかと、俺は驚いた。

外で話そうやというので、俺はダレンについて宿屋の外に出る。

外に出ると、歩きながらダレンはポツポツと喋《しゃべ》りはじめた。

「あのよ。ちょっとある女に惚《ほ》れちまってな。それで頼みたいことがあるのよ。その女ってのが訳ありで、戦争に巻き込まれちまって、奴隷《どれい》としてこの国に連れてこられた女なんだが、ひでえ話でな、奴隷《どれい》商が男だか女だかもわからねえで売っちまってよ。そのせいで、今じゃ力仕事なんかやらされてるってわけだ。だから、俺はそいつを自由にしてやりてえんだ。買ったときの倍の値段を稼《かせ》げば、奴隷《どれい》ってのは自由になれるそうなんだが、買った奴が業突《ごうつく》張りで、なかなか値段を言いやがらねえ。それで俺の代わりに交渉してもらいてえのよ」

「なるほど。力になれるかわからないですけど、やってみますよ」

俺は道すがら、ダレンから詳しい話を聞いておいた。

そして俺は、人を雇って木の伐採《ばっさい》をやっているという男の住む建物へとやって来た。

使っている奴隷《どれい》を住まわせておく建物と、管理人の男が住んでいる小屋がある。

ダレンを外で待たせて、俺はその小屋の中へと入った。

小屋の中ではやせた男が一人で夕食を食べていた。

その男は、いきなり小屋に入ってきた俺を見て立ち上がった。

「なんだお前は。何しに来やがった」

「いいえ、ちょっとギルドの依頼で調べ物を頼まれたんですよ。ここで奴隷《どれい》を使ってる男が契約違反をやってるかどうか調べて欲しいと言われましてね」

「そ、そんなもん、どこでもやってるだろ」

「ええ、そうなんですよ。だけど、それを見逃してあげるにはねえ。あるでしょう。色々と」

「なんだ。いくら欲しいんだ」

「あなたのとこは、なんせ派手にやってますからね。これじゃ、ちょっとやそっとの額じゃ見逃せませんよ。それと、俺はあくまでも下調べですから、この後で本格的に調べられることになるでしょう。ここにはどのくらい期限を過ぎてる奴隷《どれい》がいるんですか」

「そりゃあ、ちょっと詳しいことはわからねえが。そんなことおめえに話す理由はねえ」

「ですけど、そのあたりをはっきりさせておかないと後で困ったことになりますよ。なにせ今回は大がかりな摘発《てきはつ》をやるそうですからね。期限を大きく過ぎてる奴隷《どれい》は、見つかる前に少しでも解放しておいた方がいいでしょう」

「そうか。そりゃいいことが聞けた。それでおめえはいくら欲しいんだ」

「五千シールは欲しいところですね」

「ふざけやがって、そんな金を払えるわけねえだろうが。これから奴隷《どれい》を解放してやるとなったら、新しいのを買わなくちゃなんねえんだ。そんな情報流したくらいで五千たあ、ふざけたことを言いやがる」

「いいんですか。依頼人に、あなただけ特別丹念《たんねん》に調べるように言ってもいいんですけどね。ここで金をケチると、今後、仕事ができなくなるんじゃないですか」

「へっ、馬鹿な野郎だ。俺はお偉方にも顔が利くんだよ。少しくらいなら見逃してもらえんだ。期限を過ぎた奴隷《どれい》だけ放り出しちまえば、何も恐れることはねえ。お前の報告くらいは握りつぶせるのよ」

「後悔しても知りませんよ」

「おととい来やがれ、馬鹿野郎め」

俺は管理人の親父に小屋をたたき出された。

どうやら上手く騙《だま》せたようだ。

これで駄目なら面倒なことになる。

奴隷《どれい》を使う側もいれば売る側もいるわけで、こういった期限を過ぎている——つまり、必要な金額を稼《かせ》ぎ終わっていても奴隷《どれい》を解放しないような奴に対しても、何らかの処置はあるはずだと思ったのだ。

そうでなければ、奴隷《どれい》を売る方の商売があがったりということになってしまう。

映画を真似《まね》ただけの適当な作戦だったが、上手くいってしまった。

9

俺は離れたところで待たせていたダレンと合流した。

「たぶん、今行けば解放してもらえます。足元を見られないように金はあまり持ってないと言ってください。それでもいけると思います」

今なら管理人も普通の精神状態にないし、そこに付け込めば解放するはずだ。

ダレンは俺の言葉に頷《うなず》くと、小屋の中へと入っていった。

しばらくして管理人の男と一緒に出てきて、そのまま奴隷《どれい》が使っているであろう建物へと入っていった。

俺は見つからないように距離をとって、ダレンが出てくるのを待った。

しばらくして、ダレンが一人の竜人を連れて出てきた。

かなりみすぼらしい格好をした竜人だった。

どうやら上手くいったらしい。

そこから少し離れたところで、俺たちは合流した。

「上手くいったぜ。これも全部カエデのおかげだ。紹介するよ、この人がアビーだ」

ダレンに言われて、アビーと呼ばれた竜人の女性が一歩前に出た。

確かにダレンよりも体が一回りほど小さい。

それでも、前もって言われていなければ、男か女かなんてわからなかっただろう。

「初めまして、アビーと言います。この度は、お陰様で解放してもらうことができました。ダレンさんが、次の仕事まで世話してくれるそうで、お二人にはなんと感謝してよいのか……」

「俺は何もしてませんよ」

アビーは物腰の柔《やわ》らかい、しっかりした感じの人だった。

対応にもそつがなくて、育ちのよさを感じさせる。

「それで、いくらとられましたか」

「三百シールだ。大した額じゃない。本当に助かったぜ。明日から俺と一緒に迷宮に入ることになったんだ。こう見えてアビーは大地主の娘だったのよ。それを迷宮なんかに入らせちまって申し訳ねえが、俺にはそれしかねえからな」

これだけしっかりした人なら、いいパートナーになるだろう。

俺は、頼れる人ができたダレンを羨《うらや》ましく思った。

二人を宿屋に送ってから、俺は家に帰った。

家では既にアメリアたちが風呂から上がったところだったので、俺も風呂に入った。

風呂から上がると、アメリアが夕食を作って待っていてくれた。

なんだか本当に夫婦生活みたいだ。

アメリアが作ってくれる料理はどれも美味《おい》しい。

贅沢《ぜいたく》を言えば、ちょっと量が少ないくらいだろうか。

こっちの体は、まだまだ成長期を終えたばかりで、いくら食べてもお腹が空いてしょうがない。

「明日は八階よりも下に行ってみようと思うんだけど、どうかな」

「二人でそんなに下まで行って大丈夫かしら。八階より下は、相当腕のある人だけが行くそうよ。私たちにはまだ早いんじゃないの」

「そんなことないわよ。カエデはまだ余裕があるもの。どうせ攻撃を受けるのはカエデなのよ。今のままじゃ余裕があってもったいないわ」

俺とリリーの賛成二、アメリアの反対一で、俺たちは明日から九階に行くことになった。


次の日は、支度《したく》を整えてすぐに九階へと下りる。

この階では、ゲイザーに加えてコカトリスという魔物が出てくる。

大きな鶏《にわとり》のような体で、炎をまとった羽毛を飛ばしてくるそうだ。

そのコカトリスはすぐに現れた。

来ることはわかっていたので、俺は出会い頭《がしら》にファイアーボールを放つ。

ファイアーボールの爆発にも怯《ひる》まずに、敵はまっすぐこちらに向かってきて、くちばしで俺の首を狙って飛んだ。

俺はかわしざまに、その首に向かって剣を振るう。

俺の攻撃が当たったにもかかわらず、コカトリスはバランスを崩しただけだった。

しかも、飛び散った羽毛が体に触れて、そこから炎が上がる。

どうやら、羽毛が抜けて空気に触れると燃えあがるらしい。

鎧《よろい》のおかげで無事だったが、少し髪の毛の先を焦《こ》がされた。

なかなか手強《てごわ》そうだ。

くちばしには魔力の気配もあったので、オーラのようなものをまとわせているのかもしれない。

攻撃が当たれば、鎧《よろい》くらいは貫通する可能性もある。

木の盾をそのまま使っては羽毛に燃やされてしまうので、俺は盾に冷気をまとわせた。

オーラも身体能力の向上をいくらか捨てて、防御寄りに展開することにする。

そしてコカトリスに走り寄り、もう一度同じ場所に剣を振るった。

今度は、まごうことなき全力で剣を振るっている。

それでなんとか首をはね飛ばして、魔物は地面に転がった。

コカトリスは、そのまま燃えるようにして灰になった。

一体でもひやりとするくらいの手強《てごわ》さがあって、これまでとは全く勝手が違う。

やっぱり引き返したほうがいいだろうかと、そんなことを考えているうちに、五体のコカトリスが現れた。

アメリアのキネスオーブが、敵をめがけて一直線に飛んでいき、爆発する。

コカトリスの羽毛が舞い上がって、炎がまき散らされた。

爆発を受けても、まだ実体を失わない二体がこちらに突っ込んでくる。

俺は上から降ってくる炎を盾で防ぎながら、ボイドクロウを放って一体の胴体《どうたい》をえぐった。

そして、もう一体の胴には剣で斬りつける。

振動の魔法剣を使っているのに、いまいち切れ味が出ない。

羽毛による防御力というよりは、魔物の魔力でもって自らを形作る力――『実体力』による堅さのようなものを感じる。

この安物の剣では、このあたりの魔物で限界なのかもしれない。

頑丈《がんじょう》にだけは作ってあるので折れてはいないが、刃こぼれがいくつもある。

俺が斬りつけた二体は、まだ平気で動いていた。

俺はもう一度走り寄って、助走を付けた一撃で一体の首を刈り取った。

もう一体には蹴りを放って、いったん距離を取る。

そこにアメリアのキネスオーブが飛んできて、爆発を引き起こした。

その一撃で、最後のコカトリスは力を失った。

倒れてから灰になるまでに一瞬の間がある。

五体のコカトリスは魔結晶《まけっしょう》と魔石、それに白い石灰が固まったようなものを落とした。

コカトリスは、羽毛が断熱材のかわりになっているのか、炎にも強い。

かといって、魔法剣・冷気なんか使えば、羽毛が引っついて剣が使えなくなるだろうし、どうにも対処に困る。

それに、この階の魔物を一撃で倒そうとするのは、剣への負担が大きくなりすぎて無理なようだ。

一撃で倒せないとなると、攻撃をかいくぐる必要が出てくるわけで、かなり面倒が増えることになる。

しかも、コカトリスのくちばしの位置は、俺の胸くらいの高さにあって、一歩間違えれば心臓を一突きにされるんじゃなかろうかという恐れもある。

しかし、あまり心配してもしょうがないので、俺は特に気に留めることもなく九階の探索を続けた。

次に一体のコカトリスが出たので、俺はアイスランスを放ってみた。

アイスランスは、コカトリスの肩のあたりに突き刺さった。

氷の塊《かたまり》が突き刺さっても、コカトリスは怯《ひる》みもしないで、こちらに向かって突っ込んでくる。

その攻撃をかわしながら一撃、そしてコカトリスの背を追うようにしてもう一撃。

それで首を斬り落とすと、コカトリスは地面に転がった。

そのまま塵《ちり》になって消える。

切りつけたときに剣ががたついて、上手く力が伝わらなくなってしまった。

「そろそろ、この剣じゃ限界かな。切れ味も頑丈《がんじょう》さも足りないよ」

「安物だったものね。仕方ないわ。今ならもうちょっといいものが買えるはずだから、買い替えましょう。それに、革の鎧《よろい》じゃ危ないかもしれないし、もっと金属の付いたものを探してみましょ」

そんなことを話していると、またもコカトリス五体の気配を見つける。

すぐさま近づいて、まずは俺とアメリアが出会い頭《がしら》に魔法を放つ。

しかし、爆風に巻き込んで倒せたのは一体だけだった。

爆風を逃れたコカトリス四体が、こちらに突っ込んでくる。

さすがに、俺の胸くらいまである魔物が一団となって突進してきたのは恐ろしかった。

横に飛んでかわそうとするが、一体の攻撃を避けきれずに盾でガードした。

大きな衝撃が走り、木製の盾が歪《ゆが》む感触とともに、後ろにはじき飛ばされて地面を転がった。

地面を転がりながら、追撃してきた一体の胴を全力で突き上げて貫通させる。

そしてすぐに立ち上がり、状況を把握《はあく》して俺は焦《あせ》った。

残った三体のうち二体が、アメリアに向かって突進を始めたのだ。

アメリアとリリーが悲鳴を上げている。

俺はオーラを足に溜《た》めて、足も砕《くだ》けよとばかりに二人の方へと跳躍《ちょうやく》した。

そして剣を捨て、腰の刀を一閃《いっせん》させて二体のコカトリスの首をはね飛ばす。

砂煙を上げながら、地面を滑《すべ》るようにして勢いを殺していたら、残った一体が俺からアメリアへと攻撃の矛先《ほこさき》を変えたのが見えた。

俺はもう一度、足にオーラを溜《た》めてアメリアに飛びつくようにして、突き出されるくちばしを左肩で受けた。

衝撃に俺の体が浮き上がる。

しかし、その衝撃を受け流すように刀を回して、コカトリスの首をはねた。

不自然な体勢だったというのに、やはり刀は切れ味が違う。

コカトリスくらいでは抵抗も感じないほど簡単に斬れる。

全力で振り回しても、たわみも歪《ゆが》みもないほど強靱《きょうじん》だった。

俺は刀を鞘《さや》に収めて、アメリアの上から体をどかした。

「大丈夫？」

「うん……ありがとう。カエデは大丈夫だった？」

そう言って、俺の肩を覗《のぞ》き込んだアメリアが小さな悲鳴を上げた。

敵のくちばしがぶつかった左肩は、しびれて感覚がない。

「大変！　血が出てるじゃない。ちょっと待ってて、すぐ治すわ」

見れば革の鎧《よろい》が裂けて、その間から血の滲《にじ》んだシャツが露出していた。

アザにはなるだろうが、見た感じでは大した怪我《けが》ではない。

「それよりもここを離れた方がいいわ。アメリアはすぐにゲートを開いて」

リリーの指示で、アメリアはワープゲートの詠唱を始める。

その間に、リリーが治癒《ちゆ》の魔法をかけてくれた。

「また命を助けられたわね」

「猫の死体を生きていると仮定したならな。感謝してもいいんだぞ」

「馬鹿ね。アメリアの方よ。私はこの体を失っても死んだりしないわ」

俺はリリーを肩に乗せて、剣と盾を拾い、アメリアの作り出したワープゲートをくぐった。

家に帰ると、すぐにアメリアによって革の鎧《よろい》が脱がされ、本格的な傷の治療《ちりょう》が始まる。

「よくアメリアを庇《かば》ってくれたわね。とても見直したわよ。勇敢《ゆうかん》だったわ」

リリーができの悪かった弟子を褒《ほ》めるような口調で言う。

俺は最初からけっこう勇敢《ゆうかん》に戦っていたけどと思うが、口にはしない。

「ところで、アメリアはさっきので惚《ほ》れ直したりしてないかな？」

「どうかしらね……」

アメリアは、軽口に取り合うつもりはありませんという感じで、俺のシャツをナイフで切り裂いた。

俺は盾と鎧《よろい》を確認してみて、この装備では九階は無理だと悟った。

盾はへこんでひびが入っているし、鎧《よろい》はコカトリスの攻撃を受けたところに穴が空いている。

九階に行くのなら、剣も鎧《よろい》も盾も相応のものが必要なようだ。

買い換えを考えると、この動きやすくて軽くて気に入っていた鎧《よろい》を手放すのがちょっと惜《お》しくなった。

作りもよくて見た目も格好よかったし、何よりアメリアに買ってもらったものだ。

盾は安いもので済ませていたので未練はない。

そもそも、本格的な攻撃を受けるように作られていない、木板に取っ手が付いただけのものだ。

バランスを取るために持っていたようなものである。

この際だから、八階で稼《かせ》いで装備をすべて新調するのがいいだろう。

それと、九階に行くなら、アメリアにも盾のようなものが必要だなと考える。

それが揃わないことには、ちょっと九階に行くのは危険だ。

稼《かせ》ぎはよくなっているから、揃えるのにもそれほど時間は掛からない。

適当な判断で九階まで下りて、アメリアを危険にさらしてしまったことを反省した。

俺たちは昼くらいまでダラダラ過ごして、昼ご飯を食べてからまた迷宮に戻った。

そしてまた、ゲイザーの相手をする。

ゲイザーなら壊れかけた装備でもなんの問題もない。

そのまま夜までの時間を迷宮内で過ごした。

10

それから五日ほど、八階のゲイザー相手に過ごした。

そして、現在の手持ちは九千シールほどである。

今日はこれで装備を新調することにする。

前よりも街の中心地に近い場所にある、装備を扱う店に入った。

そこでミスリル製の装備を中心に見て回った。

まずは、俺用のミスリル製プレートアーマーを二千五百シールで買った。

銀色に輝くプレートを、革のベルトで体に留めるものだ。

プレート部分は体の前面だけで、背後にはベルトしかない。

金属部分は多くないのに、やたらと値の張る装備だった。

それと、鉄でできた丸形の盾と、ミスリル素材で丸みを帯びたホームベース型の盾を買う。

丸いのは俺用で、ホームベース型の方はアメリア用だ。

片手剣ならバランスがよくて邪魔になりにくい丸形の方が優れているが、剣で戦うわけではないアメリアには、体を隠しやすいものの方が優れている。

それに、ミスリル製の鉢金《はちがね》のようなものがあったので、それを一つ買った。

鉢金《はちがね》というのは、新選組などが頭につけている鉢巻《はちまき》のようなあれだ。

それらで、二千五百シールほどだった。

ミスリル製品は、鉄とは比べものにならないほど高い。

あとは俺用に、片手持ちとしてはちょっと長めの剣を一つ買った。

磨《みが》き込まれた光を放つ、ミスリルでできた両刃の刀身が綺麗《きれい》な剣だ。

アメリア用にも、護身用として細身の剣を買った。

両方で二千八百シールだった。

これだけの買い物で、ここ二週間ほどの稼《かせ》ぎがほとんど消えてしまったことになる。

宿にも泊まらず、質素《しっそ》な生活をして貯めた金があっさりと消えていくことに、むなしさを感じた。

手甲《てっこう》とブーツを鉄製品にしても良かったのだが、馴染《なじ》むまで時間が掛かるので、今回は買わないことにする。

手や足などは、防御面よりも動きやすさと使いやすさを重視したほうがいい。

新しいものを使って、剣がすっぽぬけたり、躓《つまず》いて転んだりすれば大怪我《おおけが》のもとである。

剣と盾の代わりに両手剣を使うという手もある。

それに、自動修復の加工をして刀を使うという手もあるが、魔法を使ってくる敵相手には盾があった方が何かと便利だろうと思って、今回は見送ることにした。

主要な買い物を終えたあとは、アメリアと色々な店を見て回った。

新しいマントや服などの必需品や、アメリアが欲しそうにしていたアクセサリーなどを買った。

俺は青い小さな革のベルトを見つけたので、アメリアと相談して買う。

それを、首輪代わりにリリーの首につけてやった。

こっちのペットは放し飼いが基本らしく、首輪をつけた動物もないので、リリーは首輪をつけることに抵抗がないようだった。

俺はその首輪をつけたリリーの姿を見て、一人ニヤニヤしながら楽しんでいた。

あまりにも面白かったので、ついつい笑いがこらえられず、そんな様子を見とがめられ、馬鹿にしてるわねと言われてしまった。

あんまりからかってもあとが怖いので、これくらいにする。

買い物を続けていると、いつの間にか初心者向けの通りに出たので、雑貨屋に入り、いらなくなった装備を売り払う。

アメリアに買ってもらったものなので大切にしたいという思いもあったが、荷物になるだけだからと言われて仕方なく手放した。

壊れていたこともあり、それらは本当に二束三文の値段にしかならなかった。

そのあとは、街外れで食料品を買い込んでから家に帰った。

午後はアメリアがパンを焼くというので、俺は何もすることがなくなった。

家に必要なものも全部作ってしまったあとだから、俺はリリーを連れて、切り倒しておいた木を細かく切って、それを家の脇に運んで過ごした。

翌日は、朝から九階に再挑戦する。

ワープゲートを九階に開いて、それをくぐった。

すぐにコカトリスを見つけたので、アメリアに魔法は使わないように言ってから、俺が剣で斬りかかった。

前の安物とは違い、今度の磨《みが》き抜かれた剣は、多少抵抗を感じたくらいで魔物の体に吸い込まれた。

一撃では倒さずに、わざと攻撃を盾で防いでみるが、盾はしっかりとその衝撃に耐えた。

体が浮き上がるほどの攻撃に、へこみ一つつかない。

舞い上がる羽毛が付いていても、鉄の盾は何事もなく無事だ。

これだけ装備が整えば、コカトリスはそれほど怖い相手でもない。

攻撃対象が俺だけなら、そんなに気を使うことはなさそうだ。

アメリアが疲れたように見えたので、夕方頃には引き揚《あ》げて、ギルドへと向かう。

エリアセンスを最大範囲で展開して、周囲の動きを探りながらギルドに入った。

ギルドで換金を済ませると、受付の人がランクを二つ上げてもいいと言ってきた。

これで俺たちはランク五ということになる。

九階より下で問題なく稼《かせ》げるのが、ランク五になるための条件だそうだ。

これでもう中級者としても、上の部類ということだ。

魔法を覚えるのが早かったおかげで、探索の進みがよかったからだろう。

俺たちは、まだもう少しくらいは下を目指せるはずである。

しかし、それ以上となると、長期間の停滞はあるかもしれない。

ここまで来て、ゲイツやローのランク八というのが相当なものだとわかる。

九階より下は一つ階をくだるごとに、戦いに慣れるための時間がかなり必要になるものと思われる。

俺たちが星の増えたタグを受け取ってギルドから出ると、ちょうどダレンがアビーを連れて換金に来たところだった。

ダレンはアビーの他に、もう一人の竜人を連れていた。

「こんにちは、ダレンさん、アビーさん」

「おっ、もしかしてカエデか？　久しぶりだな」

「後ろに連れているのは？」

俺が紹介を求めると、ダレンは後ろを振り返ってちょっと照れ臭そうに笑った。

「ああ、新しい仲間がまた増えたんだ。アビーと一緒になってから、何もかもが上手くいくようになってよ。なぜか俺のギルドランクはかなり高いらしくてな。最近、ちょっと難しい依頼をこなしたのよ。アビーは頭がよくて、骨董品《こっとうひん》捜しの依頼を簡単に片付けちまったのさ。しっかり者で、頼りになるぜ。それで金ができたから、新しい仲間を奴隷《どれい》商から買ったのさ。最近じゃアビーは魔法も覚えはじめたんだぜ」

なるほど。

三人分を換金していたからランクが上がっていて、難しい依頼も受けられたのだ。

依頼の中には、腕っ節だけではどうにもならないようなものもある。

骨董品《こっとうひん》や人を捜すような、いわゆる探偵仕事だ。それらは腕っ節の他に、頭脳も要求される。逆に言うと、ある程度の腕があれば、あとは依頼人の悩みを解決する力だけでも依頼をこなせるのだ。

そういう探偵仕事の中から、難しい依頼を受けて解決したのだろう。

ダレンは本当にいい人を見つけたものだ。

それで当初の目的通り、ハーレム作りに精を出しているというわけか。

頼れる味方を得たことも、目標に向かってまっすぐな純粋さも羨《うらや》ましかった。

なんだかダレンを見ていると、気分が落ち込んでくる。

羨望《せんぼう》の気持ちを抱えながら、俺はダレンたちと別れて家に帰った。

部屋にいても何もする気になれず、ベッドの上に身体を投げ出してぼうっと過ごしていた。

アメリアには、今日の科学の授業はなしにしようと言ってある。

ちょっと早すぎるけどもう寝ようかと思って、昨日の作り置きのパンを取り出した。

そしたら、隣の部屋の話し声が耳に入ってきた。

「カエデったら、羨望《せんぼう》の眼差《まなざ》しでダレンのことを見てたわ。きっと自分も女をたくさんはべらせたくなってしょうがないのね。あれから魂が抜けたような顔をしているもの。よっぽど羨《うらや》ましく映ったのよ」

「男の人ってそういうものなのかしら。カエデもたくさんの女の人を周りに置きたいと思ってるの？」

「そうよ。当たり前じゃない。絶対普通よりもそういう思いは強いはずよ」

好き勝手なこと言ってらと思って、俺は聞き流すことにした。

アメリアも、俺の気持ちなどまったくわかっていない。

どうしてそういう結論になるのか、リリーの思考回路もまったくわからない。

「私に買ってくれた、この首輪も奴隷《どれい》を持ちたいという願望の表れね。こんなものを私につけさせて何を考えているのかしら。そのうちアメリアにも首輪を買ってくるわよ。きっと、どこかに繋いで好き放題しようとするに違いないわ」

あの野郎まだそんなことを言い出すのかと、俺はカチンときて立ち上がった。

これ以上言わせておけば、俺の名誉は地に落ちる。

重たい体を引きずるようにして、俺はアメリアの部屋の扉を開けた。

「きゃあ！　な、何考えてるの！　ノックもしないで入ってくるなんてどうかしてるわ。どういうつもり!?」

アメリアは寝間着なのか、肩を出した薄い生地《きじ》の服を着ている。

その肩を、持ち上げたシーツで隠した。

俺が言い訳すべきか苦情を言うべきか迷っていると、アメリアが本気で怒っていることに気がついた。

「出ていって！　何度言ってもわからないのね。最低よ」

なんだかその拒絶は、ひどく俺を打ちのめした。

あまりの冷たい声に、俺は何も言えなくなって、アメリアの部屋のドアを閉じる。

どうしてそんな態度になるのか、俺には想像もつかない。

俺はさらに重くなった体を引きずって自分の部屋に入り、ベッドの上に体を放り出した。

肩をちょっと見られたくらいであれほど激高されると、さすがに悲しくもなってくる。

嫌になるような孤独感を覚えた。

アメリアにちょっと拒絶されただけなのに、この世が終わってしまった気分になる。

男と女だからこそ、わかってもらえないことがあるのは仕方がない。

だけど、ダレンのあれを見たあとだから、余計に悲しくなる。

この歳で寂《さび》しさに、これほどまでに打ちのめされるとは思ってもみなかった。

いや、前の世界では一人でいたから、寂《さび》しいなんて感じる理由もなかっただけだ。

久々に使えなくなった携帯音楽プレイヤーのことを思い出した。

自分の世界に引きこもって気分を紛《まぎ》らわせたいが、すでに使えなくなって久しい。

ここでは、隣の部屋からヒソヒソ声が聞こえてくるという最悪の状況しかない。

俺はベッドから立ち上がると、行き先も考えずにワープゲートを開いた。

娼婦《しょうふ》でも買いに行くかと考えながら、足早にそのゲートをくぐる。

ゲートの先で目の前にあったのは、召喚士ギルドだった。

そうだ、打率ゼロの俺が女に期待するから間違いなのだ。

最初からこうすればよかった。

もう、馬の小便でも何でもいいから、心の許せる相手が欲しい。

もし何が出たとしても必ず契約しようと心に決めて、俺は召喚士ギルドに足を踏み入れた。

建物の中はすでに明かりもなく真っ暗だった。

隅のほうで受付だろうと思われる女の人が後片付けをしている。

召喚士たちは帰った後らしく、俺を見た受付の人は誰か残ってないか見てきますと言って、奥の方に入っていった。


いつか来た祭壇では火が焚《た》かれている。

結局ギルドに残っていたのは、とうに引退した元召喚士の爺《じい》さんだけだった。

その爺《じい》さんに、どんな精霊に来て欲しいのか心の底から祈れと言われて、俺はその通りにしている。

爺《じい》さんと一緒に魔法陣の周りに座って、味方になってくれる精霊が欲しいと、俺は何度も何度も祈っていた。

しばらくして、魔法陣が輝き出して霧が噴き出した。

前はこんな感じではなかったはずで、一体どうしたことだろうと噴き出した霧を見上げていると、その霧が人形《ひとがた》に収束して、呼び出された精霊が姿を現した。

俺の虚ろな目に映ったのは、一人の少女の姿だった。

また女かとうなだれていたら、その少女が口を開いた。

「妾《わらわ》は偉大なる大地の精霊クロエである。其方《そなた》の望みを申してみよ」

俺はなにも言えなくて、口の端を吊り上げながら、少女の姿を見ているだけだった。

輝く二つの瞳《ひとみ》が、そんな俺のことを見下ろしている。

彼女の瞳《ひとみ》は、見たこともないほどに透《す》き通って、力強い輝きを放っていた。

11

いまさら気後れしても、しょうがない。

俺は現れた少女の質問に答える。

「願いなんて特にないよ。魔法を使うために精霊の力を借りたいんだ」

「では、なにゆえ大地の精霊を呼び出したのか申してみるがよい」

俺は、アメリアたちを納得させるために考えた理由を述べた。

要は偉大だからとかいうようなことだ。

「ふむ、最近の者にしてはよい心がけと言えよう。長いこと待っておったのだぞ。それでは其方《そなた》を妾《わらわ》の眷族《けんぞく》にして進ぜる。力になることを約束しよう」

少女からさしのべられた手に、俺は自分の手を重ねた。

何が出ても契約すると決めたのだ。

どう見ても、どっかの金持ちの娘が死んで、それを精霊の依《よ》り代《しろ》にしたとしか思えない。そんな精霊が主人を失い、俺のもとに現れたとか――

引っかかるものはあるが、今は藁《わら》にも縋《すが》りたいような心境なのだ。

少女が契約の言葉を述べて、俺がはいと答えると、合わせた手に光が生まれた。

その間、俺は少女の瞳《ひとみ》に吸い込まれてしまいそうで目が離せなかった。

短い金髪の髪が肩の上でさらさらと揺れている。

十八かそこらにしか見えないのに、存在感はとてつもない。

柔《やわ》らかそうな生地《きじ》のワンピースが風に揺れていた。

少女はこちらに歩み寄って俺の頬《ほお》に触れた。

濡《ぬ》れていた俺の頬《ほお》を手で拭《ぬぐ》ったのだと気がついた。

その手は温かく柔《やわ》らかかった。

俺が目を閉じると、温かいものが額に触れる。

召喚士は最初におめでとうございますとだけ言って、いつの間にかいなくなっていた。

祭壇ではまだ薪《まき》が燃えている。

俺はあらためて少女を見た。

生命力に溢《あふ》れた顔をこちらに向けている。

地べたに座っている俺の目線に合わせるために、少女がしゃがんだ。

なんてこった。

生地《きじ》の薄い服が光に透《す》けて、身体の輪郭《りんかく》がすべて見えてしまっている。

他に何も着ていないから、その小さな身体を隠すものはないに等しい。

気になったので下を見たら、そこには本当に何も隠すものがなかった。

「どこを見ておる」

「なんで、下に何もはいてないんだ」

「下にはくというのは、下着というやつのことか。そういう体を締めつけるようなものは好まん。頭を使って生きるものは、体を締めつけるようなものを身につけるべきではない」

その言葉は、孔子《こうし》か仏陀《ぶっだ》のものじゃなかっただろうか。

「どうしてそんな言葉を、お前が知ってるんだ」

「なにを言うておる。妾《わらわ》が今考えた」

下着は後でアメリアにでも借りようと考えて、この状況をあとで説明しなきゃならないことを思い出して気が滅入《めい》る。

寂《さび》しくなって契約してしまいましたなんて、とてもじゃないが言いたくない。

「ところで名前は？」

「クロエと呼ぶがよい」

「俺はカエデだ。これからは一緒に暮らすことになるんだよな」

「あたりまえだ。妾《わらわ》は其方《そなた》のマナで生きておるのだぞ。離れるわけにはいかん。それよりも今日はここで寝るのかの」

「いや、家があるよ」

俺は仕方なく家までのゲートを開いた。

それを二人でくぐる。

家の扉を開けると、共有スペースには誰もいない。

もしかして寝たのかなと思っていると、アメリアの部屋に明かりが灯った。

仕方がないと覚悟を決めて、俺はアメリアの部屋の扉をノックする。

中からアメリアの声が聞こえたので、俺はその扉を開けた。

「やっと帰ってきたのね。こんな遅くまでどこに行ってたの？　心配したのよ」

「ちょっと精霊と契約しに行ってたんだ」

俺は自分の後ろにいたクロエを前に出した。

クロエの姿を見て、部屋の中の一人と一匹が息を呑《の》んだ。

まあ、驚くところまでは予想できていたからいい。

「それでさ、服がこんなのしかないから貸してくれないかな。下着もないんだよね」

「ちょっと、貴方《あなた》。その子を誘拐《ゆうかい》してきたんじゃないわよね」

リリーが毛布の中から首だけ出してそんなことを言う。

「そんなわけあるか」

「妾《わらわ》はれっきとした精霊のクロエである。妾《わらわ》の主を侮辱《ぶじょく》するでない」

その名乗りに、アメリアたちは驚いた様子だった。

喋《しゃべ》れもしないようなのしか呼び出せないとでも思っていたのだろう。

「それじゃいいわ。服はリリーが選んであげて。カエデはこっちに来て」

アメリアは自分の服が入った異空間を開くと、俺の腕を引いて部屋を出た。

俺は、クロエをリリーに任せて、アメリアに腕を引かれるがまま部屋を出る。

共有スペースの端まで連れてこられると、トーンを落としたアメリアが言った。

「本当に召喚士に呼んでもらった精霊なの？　悪い妖精に騙《だま》されてたりしないわよね。おかしいわ、いくらなんでも人間にしか見えないもの。あの歳で妙に色っぽいし、美人過ぎるのも不思議。本当のことをおしえて。悪い妖精だったりしたら、カエデは精気を吸い取られて死んじゃうのよ」

「ち、違うって。ちゃんと召喚士に頼んで呼んでもらったよ。どうしてそんなこと言い出すのさ。おかしなところなんかないじゃないか」

「普通は人間を依《よ》り代《しろ》にしたら、あんな風に自然に表情を作ることはできないの。それに、呼び出された精霊なのに、まるで生まれたてみたいに肌《はだ》も綺麗《きれい》で、服だって真新しく見えるわ。喋《しゃべ》り方も目の光も、とても精霊には見えない」

「それだけ力のある精霊ってことじゃないか。いいことだよ」

「契約してない精霊というのはね、マナが使えない状態なの。どんなに力があっても、ほとんど何もできないの。それなのに、綺麗《きれい》な服を着ているなんて変でしょう。ちゃんとした召喚士でも変なものを呼び出すことがあるのかしら。もういいわ、私が直接聞いてみる」

アメリアは俺を残して部屋に戻ろうとするので、俺はその後を追いかけた。

せっかく契約した精霊なのだから、もうちょっと歓迎して欲しいものだ。

アメリアの部屋では、クロエが着替えの真っ最中だった。

「カエデは入ってきちゃ駄目じゃない」

「かまわん」

アメリアのとがめるような視線を、クロエの一言がかき消した。

そう、クロエは着替えなど見られても気にしないだろう。

精霊とはそういうものだ。

しかし、クロエが着ようとしていたのはアメリアの下着だったので、俺は視線を外した。

部屋の端っこで、穴だらけでできの悪い壁を眺めた。

「あなたは、カエデの精霊として契約したのよね。ちゃんと力を貸してくれるの？」

「心配はいらん。妾《わらわ》は特にやることもないから、カエデのやりたいことに付き合うつもりでいる」

「そう、ずいぶん人間に近いけど、妖精とかじゃないのよね」

「力のある精霊と妖精に、さほどの違いがあるわけではない。さらに言えば、悪魔と呼ばれる存在もそれほど遠い存在ではない」

「カエデの精気を吸ったりしないわよね？」

「そのようなものと一緒にするでないわ。妾《わらわ》は大地の精霊なのだ。人に害をなすようなことをするわけもない。そもそも地上にいる生き物など、妾《わらわ》の子供のようなものだからの」

それだけの問答を経て、アメリアはよくわからないといった様子で首をかしげる。

とにかく、クロエは自分が大地そのものといった言いようだ。

ただ、喋《しゃべ》り方からして、相当に格が高いのは間違いないだろう。

俺は、クロエを呼び出せたことにもうちょっと賞賛もあるかと思っていたが、驚かれるばかりでがっかりした。

それにしても、色々あって疲れたので、かなり眠たくなっている。

「もうそのくらいにしようよ。クロエはちゃんとした精霊だよ。しかも格の高いね。もう夜も遅いし、いい加減に寝よう」

「そう、それならいいんだけど……」

「信じられないわ。人間が精霊を名乗っているだけじゃないの？」

まだ半信半疑の一人と一匹を残して、俺はクロエの手を引き、自分の部屋に入った。

そういえば、ベッドは一つしかないなと思い至る。

さすがに精霊といえども女の子と一つのベッドで寝るというのはどうだろう。

しかし契約したのだから、夜も一緒にいなければいけないような気もする。

そんなことで頭を悩ませている俺を残して、クロエはベッドの上で横になった。

俺は当たり前のことですよという態度を装って、その隣に横になってみた。

そしたら、クロエは毛布の中で俺に抱きついてくる。

彼女の温かさと重さが心地いい。

自然と、俺が腕枕をするような体勢になった。

「これからよろしく頼むよ」

「うむ」

会ったばかりだというのに、そばにいるのが当たり前のような感じがするのはなんでだろうか。

ごく自然に、クロエの行動を受け入れられる自分が不思議だった。

本当に男をたらし込む妖精だったらどうし――いや、それならそれでいい。

そんなことを考えているうちに、俺は眠りに落ちていた。

久しぶりに、とても落ち着いた気持ちで眠ることができた。

言葉では言い表せないほどの感謝を、クロエには感じている。

本当に俺の味方になってくれる言動に、感動すら覚えていた。


次の日は、氷を思わせる冷たい目をしたアメリアに揺り起こされた。

その視線の先にあったのは、めくれ上がったワンピースを襟巻《えりま》きみたいにして俺にしがみついているクロエの姿だった。

クロエは十分に女の身体をしているので、軽蔑《けいべつ》を受けるのも無理はない。

しかも、クロエが露出させているのはアメリアの下着なのだ。

俺は起き上がって、クロエの乱れた服を整えると、言い訳がましい笑顔を浮かべてアメリアに朝の挨拶《あいさつ》をした。

すると、起き出したクロエがトイレに行きたいと言い出したので、彼女をアメリアに任せる。そこへ、リリーが部屋に入ってきた。

どうしたのだろうと思っている俺の前で、リリーはベッドの上に飛び乗った。

「昨日のこと、気にしてるんじゃないかと思ってきたの。アメリアに怒られたでしょ」

リリーは顔を洗うような仕草をしてから続ける。

「あれは事情があったのよ。私の身体が発情期に入っちゃって、それをアメリアに慰めてもらっていたところだったの。だから、アメリアはあんなに怒ったのよ。悪気《わるぎ》があったわけじゃないから、アメリアのことを嫌いにならないであげてね。私のせいで嫌われたなんてことになったら、申し訳ないもの。最近のアメリアは貴方《あなた》のことばかり考えていたのよ。それが心配だったんだけど、余計な心配だったと最近になってわかってきたの。こんなことを言ってたなんて、アメリアには絶対に言っちゃ駄目よ」

「な、慰めるって……？」

「指でよ。なにを言わせるの」

それで、アメリアはあんなに怒っていたのか。

肩を見られて怒ったんじゃなくて、リリーのために怒ったんだな。

だけど、俺はリリーにも言いたいことがあったのだ。

「それはいいけど、俺はお前を奴隷《どれい》にして好き勝手したいなんて願望はないからな」

「そうなの。だけど私も貴方《あなた》になら、そのくらいのことをされても許せると思えるようになったのよ。でも、その気がないならいいことだわ」

なんだか猫から告白されたような感じになって、俺はうろたえた。

確かにリリーは、アメリアのためを思って行動していた。

世間知らずなりに、同じく世間知らずのアメリアを思った結果が、あの言動だったのだ。

俺に対して警戒が強かった理由も、今ならよくわかる。

人の心がわからないせいで、昔から苦労してきたはずなのだ。

だから、初めて会う俺に対し、多少構えたところがあったとしてもしょうがない。

最初のうちは俺を追い払おうと、さぞかし気を揉《も》んだことだろう。

出会ったばっかりのころ、俺に向かって吐かれた言葉には、そういう意味があったのだ。

それが今では、ペットではなく奴隷《どれい》を連想させる首輪さえ躊躇《ためら》わずにつけてくれた。

そんなリリーに、俺はひどいことばかり言ってきたな。

なんで気づいてやれなかったのだろうか。

なんだかリリーのことが可愛《かわい》く思えてきて、俺はその小さな身体を抱きしめた。

「ちょっと、苦しいっ」

もしかしたら、俺はダレンよりも恵まれてるんじゃないだろうか。

孤独にさいなまれながら一生を終えるのか、と絶望していた昨日の夜からは考えられないほどに温かい気持ちが湧《わ》いてくる。

暴れるリリーを抱え込んだまま、俺は二度寝に入るための体勢を整えた。

12

アメリアに揺り動かされて、俺は二度目の眠りから目を覚ました。

さっさと起きないさいよと急かされながら、ベッドを抜け出す。

共有スペースでは、クロエとリリーがパンを齧《かじ》っていた。

二人が話をしている横に腰掛けて、俺は煮物が入った器を引き寄せた。

「ほう、つまりカエデは迷宮の魔物を倒して、生計を立てているというわけだな。なるほど。それで妾《わらわ》と契約したというわけか。そうなると、戦いに役立つ魔法が必要よのう。よろしい、それならば魔法を教えて進ぜよう。バンシーという妖精の使う魔法を、妾《わらわ》がみずから改良したものだ。この世のいかなる魔法でも無効にすることができる」

「？？？」

「魔法を無効にできるなんて便利であろう？」

「それは、便利とかいう次元じゃないな。いくらなんでも、そんな魔法があったらすごすぎる」

「な、何を言うておる。おかしなことなど一つもないではないか。考えてもみよ。妾《わらわ》は大地の精霊なのだ。大地が炎や水や風の影響を受けるなどおかしいではないか。そのくらいのことができなくては精霊など名乗れぬ。どうしてそんなに驚いておるのだ。昨日のお主も、そう言っていたではないか」

「バンシーの魔法というと、精霊魔法のバンシーエレメントのことかしら。確かに大地の魔法と言われているけど、精霊が妖精のように、オリジナルの魔法を持つなんて聞いたこともないわ」

「そうそう、よく知っておるの。なかなかに博識な精霊だ。その魔法を妾《わらわ》が改良したのだ。呼ばれた精霊として、そのくらいのことはしてやらんとのう」

「……あやしい」

思わず俺たち二人と一匹の声が揃った。

いきなり魔法が無効にできるなんて、でたらめもいいところだ。

「な、何を言う。精霊が魔法を思いつくくらい、まったく珍しくもない。妾《わらわ》の知っている精霊は、みな魔法くらい使えたぞ」

そう言ったクロエは目が泳いでいる。

あきらかに何かを隠してる様子だ。

「だそうだけど、二人は聞いたことある？」

「……ないわ」

アメリアとリリーがそう答えた。

「た、たまたまの偶然で思いついてしまったのだ。そう胡乱《うろん》な目で見るでない。思いついてしまったものはしょうがないではないか。そんなことでカエデまで妾《わらわ》を疑うか」

「いや、そういうこともあるかもな。だけど、そう簡単に覚えられるものじゃないんだろ」

「そんなことはない。妾《わらわ》が力を貸せばすぐにでも覚えられる。しかも、魔力をどうこうとやる必要もない。必要なときにいつでも発現できるのだぞ」

「それじゃ、その魔法を俺たちに教えてくれよ」

「うむ。だが、そちらの二人にも教えるとなると……」

「なんだよ。まさか契約者以外には教えられないのか？　だけど二人にもしものことがあったら俺も困るんだ」

「しかし、同じ大地から生まれ出でた生き物を贔屓《ひいき》するというのは……。まあカエデがそこまで言うのなら、教えてやらんこともないがの」

「まだ母なる大地のつもりでいるのか。それじゃ、俺には力を貸しても贔屓《ひいき》にはならないのかよ」

「お主は別に、この大地で生まれたわけではないではないか。偉大なる精霊には、そのくらいのことはわかるのだ。そんなに信用ならんというなら、もう教えてやらんぞ」

あやしい。俺はこの世界に来てから、その話をアメリアとリリー以外にしたことはない。どうして知っているというのだ。

俺は精霊というのは一種、妖怪のたぐいだと思っていたが、もしもっと神聖な存在で、本当に大地とつながっているというのなら納得できないこともない。

「う〜ん」

本当のことを言っている可能性も、ゼロではない、かもしれない。

「どうするのだ」

クロエは疑われたことに少し不機嫌そうな様子だ。

客観的に見て信じられる要素は、今のところない。

しかし、俺は昨日の出会いから、たとえ騙《だま》されていたとしてもいいと思えるほど感謝していた。

だから、クロエのことを疑うのはやめにしよう。

たとえ、男をたぶらかす妖精だとしても、それでアメリアたちに危害はない。

それに、クロエが人に危害を加えるようなものとはどうしても思えない。

俺は、教えてくれと言った。

そしたら、しゃがめと言われたので、それに従うと、クロエは俺の頭に手を乗せた。

クロエの手から頭の中に、魔法のイメージが入ってくる。

魔力から生まれた現象を、元の魔力に還元し、その魔力を術者の支配から切り離す魔法だった。

魔法のイメージが頭の中に鮮明に浮かび上がって、最初からそれを知っていたかのような錯覚《さっかく》を覚える。

魔力が魔法に変わるしくみまで、はっきりと理解できるようになっていた。

魔力を術者の要望した力に変換――つまり、実体化させたものが魔法だ。

そして実体化させているのは、術者の持つ意志の力である。

クロエの魔法は、そうやって実体に変換された魔法から意志の力を切り離し、ただの魔力へと戻してしまうものだった。

「反則としか言いようがないな」

「魔力の理《ことわり》に基づいた、きわめて原始的な魔法である」

「ところで魔法の名前は？」

「バンシーアークとでも呼ぶがよい」

なんてこった。クロエはネーミングセンスも申し分ない。

さすが俺に共鳴した精霊だ。

「どういうこと？　今ので覚えられたの？」

「うん。アメリアたちも教わってみてよ」

おずおずと差し出されたアメリアの頭に、クロエの手が触れた。

触れた途端に、アメリアの表情が驚きに染まる。

「すごい……精霊魔法を覚えたときと同じだわ」

リリーも、クロエが頭に触れただけでその魔法を理解した。

一体、これはどういうことだろう。

クロエによると、精霊と妖精のあいだにそれほどの違いはないらしい。

「じゃあ、精霊ってのは一体なんなんだ？」

「魔力には、創造という力が備わっておるであろう。日々、人から漏《も》れ出すマナ――魔力の元となるもの――は、本人の知らないところで力を発揮する。その創造の力によって作り出されたものが、精霊であり妖精なのだ。人々の共通イメージが重なり合ってできたものが妖精であり、そして魔力が自らの意思を持って集まったものが精霊である。人から漏《も》れ出たマナで作られたものの中には、人に対して悪意を持つものもおる。それが、悪魔やドラゴンと呼ばれるだけのこと。だから、精霊と妖精の間に明確な境などないのだ」

つまり、この世界をファンタジーたらしめているものこそがマナであり、魔力であるというわけか。

確かに、ドラゴンや精霊が進化の過程から生まれてくるとも思えない。

ただし、元いた世界にはドラゴンなどいなかったし、そこから来た俺にも魔法は使えたのだから、マナではなく魔力となって初めてそういう力を持つのだろう。

「それで、精霊には魔力を操る力があるのか」

「呑《の》み込みが早くてよろしい。魔力から生まれたのだから、当然そういう力を持つことになる。もちろん、それを自覚できる精霊などほんの一握りだがの。だから、妾《わらわ》がオリジナルの魔法を持っていてもまったく不思議はないのだ」

「ん？　そうか？」

なんだか、どさくさに紛《まぎ》れて誤魔化《ごまか》されたような気がする。

それにしても、魔法を使うために必要な願望は、精霊のどこから湧《わ》いてくるのだろう。

クロエの場合は、やっぱり死んでしまった、元の身体の持ち主だろうか。

「そんなことよりも、今日は迷宮に行かんのか。パンはもう食いとうない」

「じゃあ、今日も一稼《かせ》ぎしてくるか」

とは言っても、クロエには装備の一つもない。

俺は自分が使っている盾を渡そうとしたが、クロエは必要ないと言い切った。

仕方なく自分の支度《したく》だけを整えて、アメリアたちの準備が終わるのを待った。

そして、俺は迷宮の九階へと続くゲートを開いた。

そういえば、俺は魔法を使うときにクロエに触れてないといけない。となると、戦ってる最中はクロエの力を借りられないではないか。

いくらなんでもクロエを担《かつ》ぎながら戦うほどの体力はない。

もしかして、俺はすごく早まったことをしたのではないのだろうか、という焦《あせ》りが生まれる。

それとも、触れてなくとも力は借りられるのだろうか。

「なあ、魔法を使うときは、お前に触れてないと力を借りられないんだよな」

「当然だ」

「あれ？　もしかして俺は、とてつもない失敗をやらかしたか？」

「どうしたというのだ」

「だって、俺はオーラと魔法剣がメインなのに、持って歩けない精霊と契約しちゃったじゃないか。本当は、もっと小さい精霊と契約しなきゃいけなかったんじゃないのか」

「何を言うておる。ここの迷宮に出てくる程度の魔物くらい、お主一人の力があれば何てことはない。それができないというのなら、妾《わらわ》ができるように指導してやろう。そういう力の貸し方でも問題ないよの」

「んん？　そういう力の借り方もあるか？」

よくわからないけれど、そういうのもありならそれでもいい。

ちょっと焦《あせ》ったが、問題がないのならそれに越したことはない。

さっそく現れたコカトリスに、俺は剣を引き抜いて斬りかかった。

斬れ味を増した剣のおかげで、コイツくらいは力まかせにぶった斬っても問題ないのがわかっている。

俺は助走を回転の力に変えて、コカトリスの肩から上を斬り飛ばした。

そのままコカトリスは、数歩進んでから地面に倒れ、魔結晶《まけっしょう》と魔石を残した。

「まったくなっとらん」

「どこかに、まずいところでもあったかよ」

「せっかくのマナを無駄遣いしておる。それに、魔力を生かし切れておらん。お主は前世で、不本意な終わり方をしたのであろう。人生の結末を変える力を授かったというのに、そのような使い方をしていてはもったいない。マナは魔力に変えてしまうと、意思の影響を受けてしまうのだ。それを力ずくで押さえつけてはいかん」

なぜ前世のことまで知っているんだ。

それとも前世から、マナを多く持って生まれてくる例は少なくないのだろうか。

いやいや、前世での不幸だとかなんだとか、そんなものを観測できるわけがない。

しかし、神様に手心を加えると言われたのに、この世界に来てからも、俺は別段ツキがあったわけではない。

クロエの話は、そのことの説明になる。

神様にもらったのはそんなものだったのかと、俺は自然と納得できてしまった。

13

「もっと自分の魔力を信頼し、それに意思を預けるようにするのだ。枷《かせ》をはめていては、力など発揮されるわけがなかろう」

というのが、クロエが俺にくれたアドバイスだった。

魔力には、自由にしてしまったら暴走するという印象しかない。

クロエの言葉は、今までこの世界の常識として聞いてきたことに反している。

しかし、試してないうちから逆らうわけにも行かないので、俺は言われた通り魔力に自由を与えてみた。

特に変わったこともないなと思いながら、いつも通りコカトリスを倒していると、剣が黒ずみはじめてきた。

明らかに魔力が暴走して、剣の性質を変えてしまった結果に見える。

俺がクロエの言うことを訝《いぶか》しんでいると、彼女はため息をついた。

「手本を見せるとしよう」

そう言って、クロエは次に現れたコカトリスに、まるで散歩でもするみたいに歩み寄った。

俺が危ないぞと注意しなかったのは、その物腰がやけに落ち着いていたからだ。

それに、普段のクロエが、逆らいがたい雰囲気《ふんいき》を持っていたからというのもあるだろう。

俺たちの見ている前で、クロエはアメリアに貰《もら》ったサンダルしか履《は》いてない足で、コカトリスの胴体《どうたい》を蹴り抜いてみせた。

もう何でもありだなと、俺はため息をつく。

鉄の刃が負けるようなものを、ほとんど素足で蹴り抜くというのはどういうことだ。

アメリアとリリーは、驚きで声も出ない。

二人は、朝から圧倒されっぱなしで、置物のようになっていた。

俺がクロエに圧倒されていないのは、この世界の常識に馴染《なじ》みが薄いからだ。

「それも、頭に手を置いただけでできるようになったりしないのか」

「このような魔力の本質的な使い方については、イメージではなく意思で操作しなければならん。しかし擬似《ぎじ》的に教えることもできなくはない」

そう言って、クロエが俺の背中に飛びついた。

首にしがみついて、その足を俺の胴体《どうたい》に回す。

いつかアメリアがオーラの使い方を俺に教えてくれたときのようなことをするのだろう。

俺が自分のマナの操作をクロエに任せると、背中にあった重みが消えた。

一粒一粒のマナに指令を出していた感覚から、全体に統一した意思が生まれた感覚へと変わる。

まるで生まれ変わったみたいに、体に力が湧《わ》いてくる感じがする。

「すごいよ、アメリア。俺は新しい力を知ったかも。これなら迷宮を制覇《せいは》して大金持ちになる日もそう遠くないね。見てわかるでしょ？」

俺はその場で二メートルほどもジャンプしてみせた。

今ならオリンピックに出ても、すべての競技で金メダルがもらえそうだ。

「誘拐犯《ゆうかいはん》にしか見えないわ……」

「……」

確かに、無骨な冒険者の世界で、クロエは異彩を放ちすぎている。

まさに盗賊に攫《さら》われた町娘といった風情だ。

俺はアメリアの手を取って、その感覚を伝えようとした。

すぐにはマナの主導権が渡ってこなかったが、しばらくしてアメリアのマナを動かせるようになった。

それで、さっきクロエにやってもらったように、アメリアのマナを動かした。

「すごい……」

クロエの十分の一もできていない俺の操作でも、アメリアにはそのすごさが伝わったようだ。

リリーにも伝わっているだろう。

これまでよりもずっと時間の流れが遅くて、別の世界にいるような感覚になるのだ。

「あとは、使いながら馴染《なじ》ませていくがよい。それでもまだ、完全には使いこなせた状態ではないのだぞ。調子に乗ってあまり無茶をせぬよう気をつけるのだ」

効果が大きくなっただけではなく、今までよりも精神的な負担が少ない。

それからの探索は、スピードも早く、負担も少なくなった。

俺はオーラだけに集中して、敵を倒し続けた。

手強《てごわ》かったはずの敵も、まるで三階層は上にいるときと同じように倒せてしまう。

これなら明日は、もう少し下に行って大丈夫だ。

クロエも、もうここでは練習にもならないと言っている。

その日は夜遅くまで迷宮内で過ごした。

それだけやっていても、アメリアに疲れた様子は見られなかった。

なんてことだろう。

精霊一つ手に入れただけで、もはや冒険者として上級者の域に来てしまった。

前に聞いた話では、ランク七になれば兵士として声が掛かるということだった。あとランク二つくらいなら、難なくあげられるだろう。

だとしたら、すでに兵士になるだけの資格があるということだ。

もっとも、ブランドンの件があるので、俺はしばらく王国の軍部に関わるつもりはない。

そんなものに関わらなくても、俺たちは迷宮だけで十分に贅沢《ぜいたく》な暮らしができる。

しかし、向こうから要請があった場合はどうだろう。

断れないということもあるかもしれない。

ブランドンの言っていた、兵士が足りないというのは、事実だと思われる。

あの慎重な男が、そんなところでボロが出るようなことを言うわけがないからだ。

どうしたものかと、俺は気が重くなった。

迷宮を出て家に帰る頃には、手元も見えないほど遅い時間になっていた。

俺が光源の魔法を共有スペースに浮かべると、アメリアが夕食の準備を始める。

椅子《いす》に座って食事ができるのを待っていたら、クロエが膝の上に乗ってきた。

「こういうのを団欒《だんらん》というのだな」

そう言った笑顔が、やけに輝いていた。

これまでこういった生活に縁がなかったのだろうか。

「俺に呼ばれるまで、いったいどんな生活をしてたんだ」

「うーむ、それがまったく覚えておらん」

「まったく？」

「うむ、何も覚えておらんのだ」

顔を覗《のぞ》き込むと、案の定目が泳いでいる。

どこかの金持ちの娘が死んで、その代わりをやらされていたんじゃないのだろうか。

それとも精霊を憑依《ひょうい》させたら、すぐ俺のもとへと飛ばされてしまったのだろうか。

だとしたら親は、娘の身体を失ってさぞ悲しんでいるだろう。

そもそも、精霊が憑依《ひょうい》した身体というのは成長するのだろうか。

「成長はしないわ。魂がないと成長は止まってしまうの」

リリーがそう教えてくれた。

だとしたら、憑依《ひょうい》してすぐに来たというわけでもないのだろう。

だけど、呼び出されたときは靴さえ履《は》いていなかった。

家の中でも靴を履《は》いて過ごすのが当たり前の世界で、どうして靴を履《は》いていなかったのだろうか。

こっちの人が靴を脱ぐのは寝るときくらいだから、もしかしたら寝てるときに呼び出されきてしまったのだろうか。

俺はちょっと気になって、クロエの足をひっくり返した。

「うわっ、めちゃくちゃ汚れてるじゃないか。そんな足で俺のベッドに入ってきたのかよ。こんなことなら風呂に入らせとけばよかった」

ちょっと待てよ。

俺が世話をするという契約なのだから、俺がクロエの身体を洗うのか？

「今、いやらしいことを考えたわ」

「うむ、妾《わらわ》にも伝わってきた」

リリーとクロエが勝手に人の心を読んでそんなことを言った。

驚いたり動揺したり、なにか急な心の変化があると読まれてしまうらしい。

まったく、精霊というのは迷惑千万な能力を持っているものだ。

「いや、俺が風呂に入れてやらないと駄目なのかなって思ってさ」

「その必要はない。身体くらい自分で洗えるわ」

「あっ、がっかりした」

「うむ、がっかりしたのう」

「やめてくれよ！　人の心を勝手に解説するな！　知られたくないことだってあるんだよ！」

「ならば、今日からは妾《わらわ》がカエデの身体を洗って進ぜる」

「そ、そんなの駄目よ！」

そのクロエの言葉に反応したのは、アメリアだった。

あれ、この反応はもしかして、ヤキモチじゃないだろうか。

「なにゆえに駄目なのだ。妾《わらわ》はカエデの面倒を見てやらねばならん。そういう契約なのだ」

そんな契約だったかな。

そういえば、あのときの俺はうわの空で、契約の内容なんて聞いていなかった。

肝心なところで抜けている、俺のいつもの癖《くせ》だ。

「だ、だって……そんなの不潔だわ」

もしかしてアメリアは、本当にヤキモチを焼いているのではないだろうか。

リリーが、最近は俺のことばかり考えていると言っていた。

「もしかしてヤキモチなのかな？　もし、そういうことなら一緒には入らないけど」

「そんなことできるわけないでしょ。契約の魔法を交わしたなら、それに従わなければ大変な目に遭《あ》うのよ。もう、何度も説明したでしょ」

アメリアが顔を真っ赤にして言う。

「マジ？」

「うむ、契約の魔法は命に関わるものである。妾《わらわ》が使ったのもそのくらい強力なものだから、絶対に反故《ほご》にしてはならん」

「そんなこと一言も聞いてないし、俺はなにも知らされてないぜ」

「呆《あき》れたものだ」

これは、変な契約書にハンコを押させられるよりよっぽど怖い。

あの馬小便を四六時中体に引っ付けながら暮らしていた可能性もあったのだ。

しかも、それを断れば命がないというではないか。

「で、俺はどうしたらいいのかな」

「クロエの言うとおりにするしかないわよ。命がかかってるんだもの」

なぜかちょっと怒った様子のアメリアがそう言った。


「どうした。早く脱がぬか。何を恥ずかしがっておる」

夕食のあと、俺は風呂場で何とも言えない恥ずかしいことになっていた。

こんな十八かそこらの少女相手に、下半身が反応してしまって服を脱げずにいる。

いや、俺の身体も十八かそこらなんだから、別におかしなことでもないような気もする。

そんな葛藤《かっとう》をしていると、しびれを切らしたクロエに無理矢理に服を脱がされた。

俺は、自分の大事なものを隠すようにして、風呂場の椅子《いす》に座った。

しかし、隠しきれていなかったらしく、元気だのうなどと言われてしまう。

俺はそれを誤魔化《ごまか》すために、気になっていたことを聞いた。

「なあ、契約したときにお前が言ってたのって、どんな内容だったっけ？　聞いてなかったから、まったく覚えてないんだよね」

その疑問に、クロエは俺の頭にお湯をかけながら答えた。

「ひどい話だ。それほど迂闊《うかつ》だと、いつかひどい目に遭《あ》うぞ。よくそれほどのことができるものだ。そんな迂闊《うかつ》者には教えてやらん」

「ケチだな。まあいいか」

「なんとも気楽なことを」

「お前がそんな変な契約を迫ったとも思えないしな。借金するための保証人になれだとか。親からもらった駐車場を売れだとかさ。いくらぼんやりしてる俺でも、そんなことにハンコなんか押さないよ」

「意味がわからん」

そう言って、背中を洗っていたクロエが、後ろから抱きつくようにして俺の股間《こかん》を掴んだ。

それに驚いて、俺の背中の筋がビキリと変な音を立てる。

「ちょ、ちょ、ちょ、そこは自分で洗うって！　あっ、なにすっ、まっ……」

「せっかく妾《わらわ》の眷族《けんぞく》になったのだ、下の世話くらいしてやらんとのう。これでよいのか？」

「や、やばいって！　あっ、やばいやばい！　………あうっ！」

「済んだか？　これで終わりか？」

「な、なんてことするんだよ！」

「そんなに興奮するでない」

「するよっ！　めちゃくちゃだよ！」

「しっかり出しておいて、よく言うわ」

「そりゃ、こんなことされたらそうなるだろ！　どこで、こんなこと覚えたんだ！」

「今に決まっておろうが」

「決まっておろうがじゃないよ。なんで当たり前みたいな顔してるんだよ」

「男と女が一緒になったら当たり前のことではないか」

まったく、どんな育ち方をしてきたのだろう。

まさか精霊の契約に見せかけて、結婚の契約でもさせられたんじゃないだろうな。

とてもじゃないが、怖くて契約の内容なんか聞けなくなってきた。

兄妹のようなつもりでいたのに、ひどい裏切りである。

だいたい見た目からは想像もできないほど、落ち着きと知識があるのだ。

これならもう、クロエは一人の大人として扱う必要があるなと俺は思った。

俺の身体を洗い終わったら、クロエは自分の身体を洗いはじめる。

それを見ているわけにもいかず、俺は身体を拭《ふ》いて服を着た。

すると、その間にクロエの方も洗い終わったので、身体を拭《ふ》いてやってから服を着せた。

そこで、やっと俺は落ち着きを取り戻した。

風呂から出て、家の中に入ったところでアメリアと鉢合《はちあ》わせになる。

俺の顔を見た瞬間、アメリアは顔を真っ赤にし、作りかけのパン生地《きじ》を放り出すと、自分の部屋に入ってしまった。

…………聞かれていたか。

そりゃそうだ。

防音なんて期待できない粗末《そまつ》な作りの家なのだ。

どう思われただろう。

俺はアメリアの言う通り、契約に従っただけである。

少し重い気分になって、俺は自分の部屋に入った。

特にすることもないので、ベッドで横になっていると、当たり前のようにクロエが背中に張りついてきた。

「お主は、あの小娘のことが好きなのか」

「まあな」

「妾《わらわ》というものがありながら、よくそんなことが言えたものだ。あと三年待ってみよ。妾《わらわ》の方が美しい女になろうぞ」

クロエは、本気か冗談《じょうだん》かわからないことを言った。

だいたい昨日会ったばかりで、どうしてこんなに懐《なつ》かれているのかわからない。

正直わからないことだらけで、何から質問したらいいのかもわからないほどだ。

今日の朝、精霊は成長などしないと納得していたではないか。

それなのに、今はすっかり人間のつもりであるらしく、あと三年などと言っている。

しばらくしたら、クロエが俺の背中でしくしくと泣きはじめた。

どうやら、自分の運命を嘆《なげ》いているらしい。

俺のことを好きなのかと聞きそうになってやめた。

その態度を見れば、疑う余地もない。

元の体の持ち主が影響しておかしくなっているのだろうか。

きっと、元の体の持ち主に恋人がいて、それが俺が似ているとか、そんな理由に違いない。

泣かせたままにしておくのも気の毒だと思って、俺は言った。

「安心しろよ。俺は好きな女と上手くいったことがないんだ。そしたら俺はお前のもんだぜ」

もしアメリアに振られたら、クロエと結婚ごっこをするのも悪くはない。

残りの人生を一人で過ごすというのはつらいからな。

それにしても、人間には好かれないのに、精霊にはやたらと好かれるな。

「期待しておく」

縁起でもないことを言って、クロエはおとなしくなった。

俺はクロエに聞きたいことが山ほどあった。

しかしそういう雰囲気《ふんいき》でもなかったので、俺もおとなしくしていたら、いつの間にか眠りに落ちていた。


次の日は、迷宮の十二階まで下りた。

この階には、ディアウルフという首の短いオオカミのような魔物が出る。

その牙に噛《か》まれれば、オリハルコンでも傷がつくという魔物だ。

しかも、このくらいの階層まで下りてくると敵の実体力が高すぎて、行動できないようにするまでに時間が掛かる。

さらにディアウルフには、コカトリスの首にあたるような一撃で倒せる明確な弱点がない。

だから四、五体出てきたときに、倒し終えるまで相手の攻撃を捌《さば》ききる技量がなければ、この階での狩りはできない。

それができるほど魔力の使い方に長《た》けた冒険者というと、それはもうほんの一握りだという話である。

冒険者家業をする者が多かった昔には、この階で狩りをする者も少なくはなかったらしいが、今では俺のエリアセンスの範囲に、人の気配はない。

しばらくして、最初の気配が現れる。

敵三体に対して、俺とアメリアが魔法で先制攻撃を放った。

身体が変形するほどのダメージも一瞬で元通りにしてディアウルフはこちらに向かってくる。

その巨体からは想像もできないほどのスピードだ。

俺は、アメリアたちに矛先《ほこさき》が向かないよう前に出た。

オーラを発動させると、敵の動きがよく見えるようになって、相手の威圧感が薄れる。

それを励《はげ》みにして、先頭の一体に斬りかかった。

胴体《どうたい》を斬り上げるように全力で振り抜くと、丸太を斬ったような手応《てごた》えがあって、敵は空中で錐《きり》揉《も》みして飛んでいった。

それを追いかけるように走り、敵が地面に落ちたところを狙って、胴体《どうたい》に剣を突き立てた。

その後、背後から襲いかかってきた敵の攻撃を盾でいなしながら、かわしざまに横から斬りつける。

半身《はんみ》になってしまったので、剣は浅く入っただけで止まってしまう。

そこで、俺は剣にまとわせていた魔力に、ファイアーボールのイメージを重ねた。

剣が爆発して、敵が粉々にはじけ飛んだ。

残った一体を正面から斬り倒して、三体すべてが地面に転がった。

「全然駄目じゃのう」

「そうかな。けっこう余裕のある感じだったけど」

「魔法の使い方がなってないわ。カエデも小娘も、魔法をすべて管理しようとしておる」

「だけどオーラの方だって、まだ全然使いこなせてないんだぜ。いきなり両方の意識の持ち方を変えるなんて無理だよ」

「ま、それもそうだの。しかし今の状態で、さっきの魔物の攻撃を受ければ怪我《けが》をするぞ。本当にここで練習するつもりか」

俺はそのつもりだと答えた。

治癒《ちゆ》の魔法は得意だから、多少の怪我《けが》くらいはなんでもない。

人間には誰でも、どんな病気や怪我《けが》も治せる自己治癒《ちゆ》力というものが備わっている。

病院でやっているのは治癒《ちゆ》の助けだが、こっちの魔法は治癒《ちゆ》能力自体を強化してしまえるので、よほどのひどい怪我《けが》でない限り治せないことはない。

俺が使えば、たとえ癌《がん》でも治してしまうに違いない。

癌《がん》細胞を体外に排出する力だけを選択して強化してしまえるのである。

この世界では、病気の仕組みさえわかっていれば、それで死ぬ人はいないのだ。

まあ、その魔法があるおかげで、ドラゴンがいたりモンスターがいたりするわけだから、一長一短ではある。

俺たちは夕方になるまで、十二階での探索を続けた。

14

探索を終えてからギルドに行って、昨日の分と合わせて換金しようとしたら、なぜか受付の人に止められてしまった。

少し前から農閑期《のうかんき》に入っていたので、昨日あたりから農民の出稼ぎが多くなり、ギルドにある金が減っていて買い取り価格を下げて対応していると説明された。

しかし、日銭くらいは換金しておかないと、俺たちだって困ったことになる。

思案していたら、ギルドの人から農民の監視業務依頼を受けるよう勧められた。

地下一階から三階あたりまでで、慣れない農家の人が怪我《けが》したりしないように見回って欲しいそうだ。

この時期は、ギルドにとっても稼《かせ》ぎ時であるらしく、死人が出たりしたら大変なのだという。

その依頼にはあまりそそられなかったので、俺は考えておきますとだけ返しておいた。

こうなると、冬の間は無理をして下に行かずに、クロエに魔法を教わる方に力を入れた方がいいだろうか。

出たものは、春になってから売るしかないだろう。

ギルドから家に帰り、晩ご飯を食べてから風呂に入った。

風呂ではまた昨日と同じようなことをされるが、クロエのしたいようにさせておいた。

契約を結ばされたというのならしょうがない。

そのうち体にも馴染《なじ》んで、元の体の持ち主との記憶の混乱も収まるだろう。

風呂から出ると、自分の部屋に戻って横になった。

ご飯を食べて風呂に入ったというのに、元の世界で言えば夜の六時くらいである。

やることもないので、ダラダラと過ごしていた。

「バンシーアーク以外に使える魔法はないのか」

「あったような気もするが思い出せんの。カエデが契約者としてふさわしい行動を取っておれば、いずれ思い出すであろう」

「ずいぶんと都合のいい記憶をお持ちのようで」

クロエはふふんっといった態度で、俺の嫌味にも気にした様子はない。

どうして魔法をケチるのだろうか。

俺はせっかく背中にクロエを引っつけているのだからと、オーラの練習をすることにした。

身体の周りに魔力をまとわせる。

俺が上手くできていればクロエが貸してくれる力は弱まるし、上手くいかなくなると強く力を貸してくれる。

「お前も、元の身体の持ち主と混ざってて、色々とわかりにくいよな」

「わかりにくいことなど、何にもありゃせん」

そう言って、クロエは俺に回した手に力を込める。

胸もけっこうあるから、そう引っつかれると色々困る。

「なあ、明日から俺とアメリアに、魔法とオーラの使い方を指導してくれよ。しばらくは十二階で剣と魔法の練習をしたいんだ。迷宮で出たものが売れない間、時間を無駄にしたくないからさ」

「それならば、戦い方も一緒に教えよう。お主たちの戦い方では、これより下に行ったときに問題がある。特にカエデは覚えなければならんことが多すぎる」

「そうか？」

そんなことを言いながらも、俺はそれどころではない。

クロエの体温が生々しくて、変なことをしそうになる一歩手前だ。

俺は必死で、コイツは死体に宿った精霊なのだと自分に言い聞かせながら、それに耐えた。


次の日からは、通常の探索にクロエの指導が入るようになる。

「戦いというのは体力比べではない。そんな直線的で、馬鹿正直な動きでは駄目だ」

「はぁ、はぁ、いくらなんでもっ、ペースがっ、早すぎるだろ。それに、どうして走って敵を探す必要があるんだ。おかげで酸欠のまま戦うから、身体が重くてしょうがない」

「だらしないのう。オーラの練習には走るのが一番なのだぞ」

だらしないと言われても、アメリアなどついてくるだけで精一杯で、戦いに参加すらしていない。初日から飛ばしすぎだ。俺もまだ午前中だというのに、足元がふらふらする。

「それで、俺の動きのどこが馬鹿正直だってんだ」

「同じ速度で動いているではないか。剣の軌道《きどう》も、走り寄る道筋も、すべてが一直線で読みやすい。これは練習なのだから、体力を惜《お》しんではならん」

「一直線でない動きってどんなのだよ」

「こうだ」

クロエが俺の前で、気持ち悪いとしか表現のしようのない動きをしてみせた。

気がついたときには、クロエの足が俺の胸に向けられている。

「何度も言うが、戦いというのは体力比べではない。戦術が必要になるのだ。なるべく相手の視覚外から攻撃をしようとしなくてはならん。そして視覚から逃れられないのであれば、意識の外から攻撃をしなくてはならん。直線的な動きでは、いくら速くとも効果は半減だと肝《きも》に銘《めい》じよ」

確かに、今の動きは何をしようとしているのかすらわからなかった。

同じ速さで動くだろうと頭が予測してしまうから、それが崩されて追いきれない。

予測もなしに、動体視力だけで速い動きを追いかけることなどできるはずもない。

「いつまでパンツを見せびらかしてるつもりだよ」

クロエは少し恥ずかしそうな顔で足をおろした。

そして、俺の言葉にちょっと気を悪くした様子を見せる。

「茶化《ちゃか》すのなら、もう教えてなどやらん」

「悪かったって。だけど魔物に対しても、その意識の死角から攻撃するってのは意味があるのか？

あいつら、あんまり知恵が回るようには見えないぜ」

「このあたりにいるのはそうでもないがの。魔物にだって知恵が回るのくらいおる。魔物と悪魔と呼ばれるものにも境界があるわけではないと言ったであろう。頭のよい魔物もおるのだ。まずは普段から、さっきの動きを真似《まね》てみよ。反復でしか学べぬから、今からやっておいても早過ぎるということはない。しかし、力で相手の意識の外に出ようとしてはならんぞ。重心移動と、しなやかな体《たい》さばきが肝要《かんよう》なのだ。最初は形になっていなくともよい」

「だけど、いくら魔物でも、あんまり知恵のあるようなやつを殺すのは嫌だな」

「何を言う。人間に害をなす意識しか持たないような存在だ。躊躇《ためら》う必要などないわ。精霊とは正反対の存在なのだぞ」

「他に何かアドバイスはあるか」

「いきなり手の内を見せるでない。本命の攻撃は最後まで隠しておかねばならん。自分の切り札をいきなり見せるような真似《まね》は、最も慎《つつし》まねばならん。魔法の発動が遅すぎるから、あらかじめ魔力を集めるようなことをしてしまうのだ。本来は、そんな必要などない。魔法というのは、その魔力

の主が心から必要とするときには、一瞬で発現するものなのだ」

「そこに魔力もないのに、どうして魔法が発動するのさ」

「魔力には、時空という力が備わっておるではないか。そんなものをいちいち集める必要がどこにある」

クロエの言うことも、理屈はわかるが、どれも発想が考えたこともないようなものばかりで、やり方が想像つかない。

俺は、道のりの長さに気が遠くなった。

それでも、これほど教わる相手に恵まれたのだから、活かさない手はない。

とりあえず、今のところでわかったこともいくつかある。

魔法というのは、理解を深めることが上達に最も必要だということ。

知識と使い方を覚えるだけでも、戦力は格段に上がる。

そして、剣術が基本を反復して覚えるものだということは、すでに知っている。

これは爺《じい》ちゃんの居合いの道場に通っていた経験からだ。

魔法は剣術とは違って、一度でも境地に達すれば、一段上達したことになる。

それにしても、クロエの提案する特訓方法は合理性に裏打ちされていて驚かされる。

道場での練習方法にも似ているところがある。

伝統とは、歴史の中で洗練を繰り返して生み出されたものだ。

それに近い練習方法を即興《そっきょう》で考えられるというのは、どういうことなのだろうか。

もっと言えば、クロエは技術を身につけるための最短の道筋を、最初から知っているような雰囲《ふんい》気《き》さえある。

一介《いっかい》の精霊に、どうしてそんなことが知りえたのか不思議でしょうがない。

しかし、そういうことについてクロエは話そうとしなかった。

聞けば、知らぬ存ぜぬで通されてしまう。

ただ、そんなことにこだわってもしょうがない。

「まずは、その奇妙な動きからだな。一体どうしたらそんな動きができるようになるんだ」

「一つの動きとして走っているのを、一歩ごとに分解して意識するのだ。最初は速さと方向を一歩ごとに変えるだけでよい。それでは次にゆくぞ」

「だってさ。アメリア、立てる？」

「ええ、大丈夫。行きましょう」

へたりこんでいるアメリアも、声に力がない。

真面目《まじめ》な彼女は、それでもまだ続ける意思を持っているようだが、疲労の色は隠しきれない。

俺は彼女の手を取って、立たせてやった。

次の敵が現れるまで走っていたら、俺には戦う気力すらなくなっていた。

ふらふらと一体のディアウルフの前に進み出てみたが、身体が動かない。

俺は魔法剣もなしに、現れたディアウルフに斬りかかった。

剣に振動がないせいで、何度斬りかかっても致命傷は与えられなかった。

泥仕合《どろじあい》を繰り広げていたら、クロエがディアウルフを横から蹴り倒してくれた。

「もう限界かの」

「マジで無理」

それでやっと、俺たちは休憩《きゅうけい》を与えられた。

俺もアメリアも疲れ切って、喋《しゃべ》る気力もなくなっている。

結局、休憩《きゅうけい》が終わっても動く気にはなれず、探索は午前中で切り上げることになった。

そのあとギルドに行き、少しだけでも換金しようと思ったのだが、もはやタダ働きというレベルにまで値段が下がっていて、売るのを断念せざるをえなかった。

それで仕方なく、午後は農家の出稼ぎを見張る監視業務をすることになった。

なんとか日銭だけでも稼《かせ》いでおきたい。

疲れてはいても、このくらいの仕事ならなんとかなるはずだ。

そういうわけで迷宮の一階に行ってみると、まさに人海戦術としか言えないような光景が広がっていた。

年齢も性別もバラバラな二十人ほどの集団が横一列になり、シルエットやらノールやらを取り囲んで、まるで押し潰《つぶ》すように倒している。

見れば、子供や年寄りまで一緒に戦っているではないか。

俺たちに与えられた任務は、この集団の安全確保である。

一階は普段なら誰も近寄らないので、魔物の数だけは多い。

それゆえに危険なのだが、これだけ人数がいれば、ごり押しでもなんとかなるのだろう。

俺は、彼らの包囲から逃れてきたのを適当に倒しながら、怪我《けが》をした人には治癒《ちゆ》の魔法をかけて回った。

これは監視業務のはずなのだが、農家の人たちも疲れてくると、あんちゃんも倒してくれやという話になってくる。

向こうも、監視についてるのはギルドからそれなりの腕と認められた者であることを知っているから、遊ばせておいてはくれないのだ。

とはいえ、いつも全力で戦うのはつらいので、よほど危険なときはともかく、基本的には大群が出たときに魔法で先制攻撃をするだけにした。

あまり魔力を使いすぎると、オーラに回す分がなくなってしまって怪我《けが》をする。

それに、治癒《ちゆ》を使うくらいの魔力は残しておかなければならない。

農家の人たちの戦い方は、男は剣を持って前に出て、女子供はその後ろから槍《やり》で突くというものだ。

なかなか考えられているようで、ちゃんと戦えている。

俺はいつでも助けに入れる位置を取り、エリアセンスを展開させて危険がないか見張った。

それにしても、戦っているというのに何とも和《なご》やかな雰囲気《ふんいき》だ。

唄《うた》を歌っている爺《じい》さんがいるし、それに合いの手を入れながら攻撃してるおっさんもいる。

田舎《いなか》独特のなんとも言えないのどかな空気がそこにはあった。

15

しばらくすると、人となりもそれなりにわかってくる。

この集団は、どこかの村から一緒に出稼ぎに来た人たちだという。

全員知り合いだから、サボったりする者もおらず、息も合っている。

団結力も高く、疲れの出た者は負担の少ないところに回り、魔物狩りを続けていた。

欠員の埋《う》め合わせとして、いつの間にかアメリアまでも、その中に入れられてしまっている。

魔力があまり残っていないので、アメリアも剣で戦っていた。

俺は自分の使っている軽くて使いやすい盾をアメリアに貸した。

俺には盾など必要ない。

気がつくと、俺は先生と呼ばれるようになっていた。

精神的にも疲れてオーラすら使えなくなってきた俺は、しょうがなくクロエをおぶって戦うことにした。

そうすれば、まだ少し戦えるようになる。

「先生、一体なんの趣味ですかいそれは。いくらなんでも、おぶるような歳の娘にゃ見えないですよ」

「いや、子供じゃなくて精霊なんですよ。こうして戦った方が楽なんです」

「そりゃあまた……ずいぶんと難儀《なんぎ》な精霊を見つけたものだね」

こうして村人にからかわれつつ、俺は夜まで一番負担の大きいところで戦わされ続けた。

夜になるとギルドに行って換金をし、その後は空き地を見つけて大宴会が始まる。

焚《た》き火というよりは、もはやキャンプファイヤーというレベルの火を囲んでの、どんちゃん騒ぎである。

ギルドも、この期間だけは夜遅くまで開いているようだった。

買い取りでギルドにある金がなくなるというのだから、よっぽどの稼《かせ》ぎ時なのだろう。

俺は疲れた体で酒など飲みたくなかったが、村人から勧められて断りきれなかった。

村人が持っていた、火がつきそうなほど強い酒に、飲み慣れない俺は早くも三杯目を注がれる頃には手つきがおぼつかないほど酔ってしまった。

酒の肴《さかな》は、近くの山からでも捕ってきたのか、イノシシのようなものの丸焼きだ。

噛《か》み応《ごた》えのある、美味《うま》いともまずいとも言えない味の肉だった。

泥酔《でいすい》して視点も定まらなくなっているのに、彼らは俺に酒を注ごうとするので、俺は動けるうちに馬鹿騒ぎの輪から逃げ出した。

同じく泥酔《でいすい》して俺の腰にぶら下がっているクロエを引きずって、端の方で静かにしているアメリアのもとに寄る。

アメリアは酒を飲まずに、寝てしまった子供の面倒を見ていた。

「アメリアひゃ〜ん」

上手く声が出せずに蹴躓《けつまず》いて転がる俺を見て、アメリアが笑った。

転んだまま地面を這《は》いずってアメリアのもとまで行き、そのまま図々しくもアメリアの膝の上に頭を載せた。

酔っているからこそできた芸当だ。

アメリアはそんな俺に何も言わなかった。

楽しそうに馬鹿騒ぎの方を見ている。

しばらくして、俺はアメリアに揺り起こされた。

「寝るなら、ちゃんと家で寝なくちゃ駄目よ」

そんなことを言われて、重たい身体をアメリアに無理矢理引き起こされる。

俺は酔いと疲れで、自分で立っているのも嫌だった。

周りには、酔いつぶれて寝ている人が何人も転がっている。

酒に強い人たちはまだ飲み続けているようだった。

俺はアメリアが開いてくれたワープゲートをなんとかくぐって、アメリアに支えられつつ自分のベッドまでたどり着き、抱えていたクロエをベッドに放り出してから、その隣で横になった。

アメリアが毛布を掛けてくれたので、俺はそのまま眠りについた。


翌朝は頭が割れるように痛かった。

身体を起こすのもつらい。

なんとか起き上がって風呂釜《ふろがま》に火を入れる。

熱いお湯でも浴びて二日酔いを醒《さ》まそうと思い、朝ごはんも食べずにお湯が沸《わ》くのを待ってから風呂に入った。

熱いお湯が気持ちいいなと思っていたら、クロエも入ってくる。

ひとりで勝手に入るでない、と怒られてしまった。

こいつは二日酔いとは無縁で、朝から元気がいい。

思わず正面から見てしまったが、クロエは本当にいい体をしている。

顔だって、よく見れば綺麗《きれい》な顔立ちだ。

アメリアのように可愛《かわい》い感じではなく、綺麗《きれい》という感じだ。

身体を洗ってもらい、新しい服に着替えて風呂を出た。

股間《こかん》がこそばゆい。

少し気分がよくなったので、アメリアが用意してくれた朝食に手をつけた。

「今日はまだ行かないの？」

「二日酔いで頭が痛いんだよね。気持ちも悪いし。アメリアはもう疲れは残ってないの？」

「ちゃんと寝たから平気よ。それじゃ、今日もギルドの依頼を受けましょうか。昨日の人たちも、私たちのこと気に入ってくれて、また今日もお願いしたいって言ってたわ」

俺は、魔法や剣の練習なら依頼を受けながらでもできるかと考えて、監視業務を受けることに賛成した。

それにしても、昨日の酒はすごかった。

どうして数杯飲んだだけで、これほどまでやられるのかわからない。

俺はまだ具合のよくならない身体を引きずってギルドに行き、受付を済ませた。今日は他のグループと合同で、さらに中心地から離れたところをやることになっていた。

そして、昨日の夜に宴会をしていた場所に行くと、村人が支度《したく》を済ませて待っていた。

俺はワープゲートを開いて、村人を一階へと連れていった。

しばらくすると、受付で聞いていた通り、もう一組の村人たちがやって来る。

新しくやって来たグループは、いつか迷宮で一緒に組んだエルフの男たちが率いていた。

前に会ったときよりも、連れている二人の装備が見違えるほどよくなっている。

あれから順調に迷宮探索を続けてきたのだろう。

もともと戦いに特化した竜人と、中級者レベルのエルフがいたのだ。

ちゃんとした知識さえあれば、迷宮で大きく稼《かせ》げる面々のはず。

四十人ほどに増えた村人たちとともに、俺たちは中心部から離れた場所を目指した。

そこは魔物の密度が濃いはずだから、俺も気をつけた方がいいだろう。

そして今日は最初から、一番負担が大きそうなところへと駆り出される。

とは言っても、今日はマナが戻っているので、一階程度では何も問題はない。

しかし、この方が覚えが早いと言われて、今日もまたクロエを背負いながらやることになった。

俺はクロエに言われた、意識の死角から攻撃するための動きをやってみることにした。

「まだ酒が残ってるんですかい？」

すぐに村人からのツッコミが入る。

これが剣術の奥義とも知らずに、千鳥足《ちどりあし》と勘違《かんちが》いしているようだ。

しかし、まだ格好にはなっていないのでしまらない。

俺はこういう戦い方なんですよ、と言うしかなかった。

子供を背負いつつ千鳥足《ちどりあし》で戦っていたら、誰だって心配になる。

昨日とは違って、今日は村人がやたらと俺のことを心配してきた。

特に新しく合流したグループは、クロエを背負って戦っているのが不思議に見えたようだ。

その人たちに、昨日一緒だった村人が、ありゃ先生の精霊なんだ、ああいう風に戦う御方《おかた》なのだと説明するもんだから、恥ずかしいったらありゃしない。

別に、普段からこんな不格好な戦い方をしているわけではなく、余裕があるから、この方が練習になるだろうというだけである。

それでも、俺がどんなに魔物に囲まれても平気で戦ってみせると、何も言わなくなった。

というか、練習のために俺が率先して倒しすぎてしまったくらいだ。

オーラの方は上達が感じられるのだが、動きの方は千鳥足《ちどりあし》から変化がない。

なので午後は、クロエに詳しいやり方を聞きながら練習することにした。

女の人が子供を背負うための紐《ひも》を貸してくれたので、それを使うことにする。

クロエによれば、どうやら緩急《かんきゅう》を付けるような動きを、ステップとして覚えるのがいいらしい。

そこで、クロエが手拍子《てびょうし》して、俺がそれに合わせて身体を動かすような練習になった。

はたから見たら相当おかしな姿だろうなあと思えるものの、俺は上達のために恥を忍んで練習する。

アメリアも俺の隣で戦っているが、オーラの使い方が上達したおかげで、危なげなく戦っている。

その戦う姿が凛々《りり》しくて、思わず惚《ほ》れなおしてしまった。

少し怖いが、真剣な表情も十分に可愛《かわい》い。

この仕事では、農家の人たちが処理しきれないほどの敵が出ても、俺たちが魔法で処理するので特に躓《つまず》くこともない。

ただ昼飯時《ひるめしどき》にも酒を勧められるのには閉口した。

というか、浴びるように飲んでるおっさんがいるが、あれは大丈夫なのだろうか。

「あいつは酒好きでしょうがねえ。パンまで酒に浸して食いやがる。午後からは応援団にでも回しちまえば心配あるめえや」

俺の隣で昼飯を食べていた厳《いか》ついおっさんが、そんなことを言った。

このおっさんは、やたらとごつい体つきをしている。

戦いのときも、俺と同じく負担の大きいところを任されて平気な様子だった。

応援団というのは、包囲から漏《も》れた敵を倒す役目のことを言ってるのだろう。

彼らを見ていると、村というのが、共同体というよりは家族のようなものに見えてくる。

うまいこと適材適所でやりくりしている。

その後も、エルフの男たちと俺とアメリアと厳《いか》ついおっさんのグループを囮《おとり》にして、やって来た敵を取り囲むという狩りが続いた。

敵の数はやたらと多く、農閑期《のうかんき》に入ってすぐは、だいたいこんな感じになるそうだ。

何日かすれば、敵の数が安定してきて、冒険者による監視なしで彼らだけでも狩りができるようになるという。

つまり、俺とアメリアがこの階に足を踏み入れたときは、相当にタイミングが悪かったのだ。

この日は、最大で百に届くような敵が一度に現れたこともあった。

本気で焦《あせ》って、エルフの男にも魔法を使わせ、出会い頭《がしら》で半数近くを削《けず》ってしのいだ。

これだけの人数がいれば、そのくらいの事態でもなんとかなるのがすごい。

そんな感じで、監視業務の二日目は過ぎていった。

俺もアメリアも、だいぶ村の人と打ち解けることができた。

村人たちは遠慮がなくていい。

こっちもそのくらいの方が気が楽だ。

アメリアが俺以外の人と楽しそうに話してるのも、初めて見ることができた。

俺は少しずつ強くなっている実感が得られているので、こんな温《ぬる》い探索でも楽しかった。

クロエからはまだまだ教わることが多い予感がしている。

本当に不思議な存在である。

16

二日目の監視業務のあとも宴会になった。

街の宿屋はすべて埋《う》まっているから、この人たちは外で寝起きしているという。

この寒くなりかけた季節に、それはさぞかし大変なことだろう。

俺はもう懲《こ》りたので、酒は貰《もら》わずに、魚を焼いたものを貰《もら》って食べた。

魚の腹を開き、山菜を詰めて焼いたもので、なかなかの味だ。

それを食べ終えたら、この日はアメリアと早めに退散した。

彼らが川に水浴びに行くというので、遠慮したのだ。

こんな時期に川に入るなんて、まっぴらごめんである。

家に帰って風呂に入り部屋に戻ると、クロエが神妙な顔で言った。

「カエデよ。提案がある」

「なんだ？　お前に改まった態度を取られると怖いな」

「お主が使っている剣の切れ味をよくする魔法があるな。それよりも遥《はる》かに優れた魔法を妾《わらわ》は知っておる。知りたいか」

「当たり前だろ」

「ならば妾《わらわ》に口づけをせよ」

また人間ごっこかと俺は呆《あき》れた。

俺は何を言い出すんだと茶化《ちゃか》そうとしたが、その目は真剣で、この機会を逃すと魔法は教えてもらえないような気がした。

もちろん嫌ではない。

というか、これまでもクロエの食べ残しを食べたりしていたから、今更である。

俺は誰かに見られてないか確認するために、エリアセンスを展開した。

家の中に人はいない。

アメリアたちは、きっと風呂にでも入っているのだろう。

魔法に釣《つ》られてそんなことをしていいのかと、一瞬迷いが生じた。

けれど最終的には、すごい魔法を覚えてアメリアの前でいい格好したいという思いが勝る。

「アメリアには言うなよ」

「承知した」

キスなんて初めてだから、上手くできる自信はないが、要は口をつければいいのだ。

俺はクロエの唇《くちびる》に自分の唇《くちびる》を重ねた。

想像していたのとは違い、冷たくて柔《やわ》らかくて、味のない変な感じがしただけだった。

「これで満足か？」

「……よろしい」

人前でも平気で裸になれるくせに、クロエは頬《ほお》を赤くしている。

そんな人並みの反応もできるのかと驚いた。

その反応を可愛《かわい》いなと思ってしまい、血迷うな、こいつは村娘の死体なんだぞ、と自分に言い聞かせる。

「それで、どんな魔法を教えてくれるんだ」

「クラウソナス。いや、アーリマンブレードを教えよう。破壊の悪魔が持つ、魔剣である」

「いや……悪魔は、ちょっと……」

「気にするでない。何かを破壊するために使うのであれば、快くその力を貸してくれる」

「そんな危ない奴が、この世に存在しているのかよ」

「今は地上になどおらん。心配せずとも、力をなくして何もできずにおる。あと数万年は地上に出てくることもできまい。しかし、そやつに興味を持ってはならんぞ。お主が興味を持てば、あちらも同じだけお主に興味を持つであろうからな」

「だけど、その前に口にしたクラウソナスってのはなんだよ。俺はそっちの方がいいな」

俺がカマをかけると、クロエがしまったという顔になる。

しばらく考えこむように目をつぶってから、クロエが言った。

「あまり強すぎる力に頼るのはよくない。まずは魔剣で我慢せよ」

「そんなこと言わずに教えてくれよ。どうして、そんな小出しにする必要があるんだ。偉大な精霊とか口では言ってるけど、実はけっこうケチだよな」

「もうよい。そこまで言うなら教えよう。それでは外に行くぞ」

俺はクロエに連れ出され、森の中まで歩かされた。

そこまでの道すがらに、魔法のイメージを教わる。

クロエの魔法の説明はとてもわかりやすく、具体的だった。

森に着くと、片方の手に剣を持ち、もう片方の手でクロエと手を繋いだ。

不屈の精神を糧《かて》に、詠唱を使って呼びかける。

俺はその剣の名前を口にした。

すると、持っていた剣が白く輝き出して、光を刀身にまとわせる。

試しに、そこら辺にある木を斬ろうとする――が、刃は木に弾かれた。

木には傷一つない。

「ほれみろ。この剣は意思を持っておる。だから、そんな無害なものを斬ることはできぬ。別に妾《わらわ》はケチではないのだ。ただ使いやすい方の魔法を薦《すす》めたまでよ」

剣を貸してみよというので、俺は持っていた剣をクロエに渡す。

クロエがアーリマンと悪魔の名を口にすると、剣から黒い霧が幾筋も流れ出した。

超絶格好いいなと憧《あこが》れる俺の前で、クロエは木をあっさりと斬り倒してみせる。

そのまま細かく斬って、薪《まき》を一山作ってしまった。

切れ味はまるで、豆腐でも斬るみたいに軽やかだ。

俺が作り出そうとしていた魔法剣――マテリアルレイドそのものといった感じである。

失敗したなという顔をしていたら、クロエに言われた。

「もうこっちは教えてやらん。妾《わらわ》をケチ呼ばわりした罰《ばつ》だ」

「どうしてそんなこと言うんだよ。別に教えてくれたっていいじゃないか。減るもんじゃなし。キスくらい、いくらでもしてやるぞ。ほら、ほら」

「うぐっ。や、やめよ。そんなことで妾《わらわ》の気は変わらぬわ」

ああ、これは余計なことを言ったばかりに、ハズレを引いた。

まさか当たりだと思った方が、気まぐれで地味な魔法だったとは。

大体、オリハルコンでできた剣というのは白銀色なのだ。

今の俺がこの魔法剣を使っても、オリハルコン製なんですよと見栄を張るくらいの効果しかない。

ちなみにミスリルは青銀、鉄は灰銀といった感じの色である。

「ねえねえ、どうしたら教えてくれるわけ？」

「しつこい」

待てよ。

地の底に眠る破壊の悪魔から力を借りればいいんだ。

たぶん、破壊衝動を持ちながら力を要求すれば、貸してくれるんじゃないのか。

「言っておくが、生半可《なまはんか》な知識で力を借りようとすると、他の変なものまで呼び寄せてしまうかもしれぬ。それこそ命にかかわるぞ」

俺の悪巧《わるだく》みはあっさり見破られて、クロエにそんなことを言われてしまった。

脅《おど》しだか本当だかわからないが、怖いから従っておこう。

「他に何かいい魔法はないかな。正直、ファイアーボールじゃちょっと威力が足りないんだよね」

「ふむ、ロアフレイムなんてどうだろうの。お主の使う魔法に似ておるが、威力は桁《けた》違いだ。熱を伝える力の強い、地獄の業火《ごうか》を呼び出す魔法である。何と交換で教えてやろうか」

「ただで教えてくれよ。精霊が契約者に商売人みたいなことを言い出すなんて、聞いたことないぜ」

「まあよかろう。それでは頭を出すがよい」

俺が差し出した頭にクロエが触れて、魔法のイメージが流れてきた。

やはり、クロエはただ者ではない。

手を触れただけで魔法を伝えられるという力からしてただ事ではなかった。

しかし、そのことについては聞かないでおこう。

隠したがっているのだから、無理に喋《しゃべ》らせてもかわいそうだ。

俺は教わったばかりのロアフレイムを放ってみた。

何もない地面に向けて放つと、炎の龍が飛び出して地面に衝突する。

そこに生えていた雑草が蒸発《じょうはつ》して、地面が真っ赤に染まった。

クロエは、俺の趣味に合いそうな魔法をわざわざ選んでくれているのだろうか。

しかも、龍の動きはこちらの意思で多少動かすことまでできる。

威力は上級魔法並みにありそうだ。

俺は、あとでアメリアにも教えてやろうと考えながら家に帰った。

家に帰って軽く食事を取ってから、この日は寝た。


次の日も、監視業務を請け負う。

二人で一日やって二百五十シールほどもらえるので、稼《かせ》ぎとしては悪くない。

特に危険もないし、体が楽なのもいい。

俺はクロエを背負いながら、その日の業務をこなした。

アメリアもだいぶ村の人に慣れてきて、女の人となら普通に話しているところを見るようになった。

それにつれて、村人たちと一緒にいても笑顔が見られるようになっている。

最初のうちは顔を強《こわ》ばらせて息苦しそうにしていたのに、よく進歩したものだ。

俺の特訓の方は、未《いま》だ変わらずに千鳥足《ちどりあし》のままだった。

どうも上手くなっているという実感が得られない。

「なあ、これは練習方法が悪いんじゃないのか。一日中やってるけど、まったく上達してる気がしないぜ。それに、動きに緩急《かんきゅう》を付けるだけじゃ駄目なんだろ」

「これは、基本的な足運びの練習なのだ。基本というのは、簡単という意味と同義ではない。これ

17

をしっかりと身体に覚えさせたあとでなければ、次の練習には移れん。それに、もっと練習に身を入れよ。そんなことではいつまで経っても覚えられぬぞ」

言われたとおりやってみるが、本気でやると体への負担は大きくなり、かなり疲れる。

それでも俺は、クロエがうるさいので必死でやった。

一日の探索が終わる頃には、クロエからまあまあマシになったとお褒《ほ》めの言葉をいただいた。

その後は宴会へと流れたが、一緒に監視業務をしているエルフの男がアメリアに何か話しかけていたので、俺は面白くなかった。

宴会の輪で、俺は寂《さび》しくすすめられるがままに肉を食べた。

今日もまた野生動物の丸焼きが酒の肴《さかな》だ。今日のは、この前のよりもよほどうまかった。

アメリアは肉に手をつけないで輪から外れたところでおとなしくしている。

その隣では、エルフの男がまだ何事か話しかけていた。

俺がため息をつくと、クロエも俺の顔を見ながらため息をついた。

アメリアのことを気にしているのが気に入らないらしい。

俺は強い酒をちびちびと飲みながら、今日は酔わないうちに帰ろうと画策していた。

しばらくしてから、少々酔いの回った頭で、アメリアの作り出したワープゲートをくぐって家に戻ってきた。

体が辛《つら》いから椅子《いす》に座っていたら、アメリアが隣に座ってくる。

「あのね――ちょっと話したいことがあるの。さっきエリスに、一緒にパーティを組まないかって誘われたのよ」

エリスというのは、アメリアと話していたエルフの男だ。

二人で何を話していたかと思えば、そんなことを話していたのか。

「それでね。最近は、私がカエデのお荷物になってるでしょ。だから、その、迷惑になってるんじゃないかと思って、どうしようかなって」

「ま、まさかその話を受ける気じゃないよね。お荷物だなんて全然思ってないよ。ど、どうしてそんなこと言い出すのさ」

「私には、そうは思えないわ。だから、私、その話を受けようかなって」

この言葉を聞いた途端、俺はショックで倒れてしまいそうになった。

どうして急にそんなことを言い出すんだ。

もしかして、今まで積み重ねてきた失敗が、男の言葉を引き金にして、アメリアの中でそういう考えを起こさせてしまったのだろうか。

俺は目の前が真っ暗になって、ひどい寒気を感じた。

アメリアがまだ何か言っているが、全く耳に入らない。

いや、聞きたくなくて、俺がわざと意識を逸《そ》らしているのだ。

いくらなんでも、アメリアの提案は一方的すぎる。

俺はアメリアとそれ以上一緒にいるのが辛《つら》くなって、彼女の肩を押しのけて自分の部屋に入った。

涙があふれてきて、今までいろいろやって来たことが馬鹿馬鹿しくなる。

でも、こんなことは今までにだって何度も経験してきたことだ。

どこかで、自分はこうなることを知っていたような気さえする。

哀れなピエロになることを心のどこかでわかっていながら、はしゃいでいた気持ちだった。

これだから、もう一度人生をやり直すなんて嫌だったのだ。

マナをくれたくらいでどうにかなるとした神様を、呪い殺してやりたくなる。

そんなことを考えていたら、クロエが布団の中に入ってきた。

いつもとは違って、慰めるように胸の中に抱きしめられる。

俺は考えるのをやめて、クロエの温かさに身をゆだねた。


次の日になっても相変わらず酷い気分で、何も変わっていなかった。

酔いが醒《さ》めたせいで、余計に嫌な気分に支配される。

しばらくしてアメリアが部屋の中に入ってきたが、顔を見たくなかったので背中を向けた。

「もう起きてるの？　そろそろ準備を……」

「今日は行かない」

「そ、そう、それじゃ、私は返事をしないといけないから、ギルドに行ってくるわね」

俺は何も答えなかった。

結局、あんな男の方がいいのかと、つまらない考えが浮かぶ。

アメリアにはそんなつもりがないにしても、向こうには下心の一つや二つあるのだ。

つまらない男に惹《ひ》かれているアメリアを見ていると、アメリアまでつまらないものに思えてくるのはなぜだろうか。

アメリアはあいつのものになるのかという考えが生まれる。

馬鹿なことを考えているなと自分でもわかっているが、どうしてもそんなことが頭から離れなかった。

本当ならアメリアを止めに行かなければならない。

なのに、つまらない考えに支配されて行動を起こすことができない。

今までもそうだったのだ。

アメリアはもしかして、あの男に気があるのだろうか。

他の男と体の関係を持つかもしれないと想像しただけで、アメリアに対して抑えきれない嫌悪感が湧《わ》いてくる。

その嫌悪感と好きという感情が、心の中でせめぎ合って、胸が詰まるような苦しさを感じた。

正反対の感情が、どちらも一歩も引かずに俺の中で主張している。

こんな思いを、もう一度味わう日が来るとは思いもしなかった。

だけど、せっかくチャンスが与えられたのだから、今回は引き留めてみてもよいのではないだろうか。

どっちが正解なのかはわからない。

でも一度くらいは、今までと変わったことをやってみるのもいい。

さっきアメリアが来てから、一時間ほどの時間が経っている。

そろそろ引き留めに行こうと考えていたら、部屋のドアをノックする音が聞こえた。

アメリアが帰ってきたのだろうか。

引き留めるにしても、今さらとなると、かなり見苦しいことになりそうで気が重い。

俺がぐずぐずしていると、クロエが俺の代わりに扉を開けた。

「なんの用か」

「そ、その、カエデは……」

「お主の言葉にひどく落ち込んでおる。しばらくそっとしておくがよい」

「ちょっと入れてもらえないかしら」

「ならん。こら、ならんと言うておるだろうに」

揉《も》めてる雰囲気《ふんいき》に振り返ると、ギルドに行くと言っていたアメリアが、寝間着姿のままでクロエと揉《も》めていた。

アメリアはクロエを押しのけて、部屋に入ってくる。

部屋に入ってきたアメリアは、なぜか泣いていた。

そのまま縋《すが》りつくようにして、アメリアは俺の服をつかんだ。

「ごめんなさい。私、カエデが傷つくなんて思わなかったの。カエデを傷つけるなんて、私ったら、なんてことしちゃったのかしら……。本当に、本当にごめんなさい」

いきなりそんな風にまくし立てられて、俺は頭の中が真っ白になった。

アメリアは、涙の絡んだ声でごめんなさいを繰り返している。

「本当は、ただ止めてほしかっただけなの」

アメリアが嗚咽《おえつ》まじりにそんなことを言った。

「止めてほしかったって言われても……」

「私はね」

涙を手でぬぐいながら、アメリアは必死で喋《しゃべ》ろうとしている。

だけど声がうまく出ないのか、不明瞭《ふめいりょう》な言葉しか出てこない。

そして、アメリアの真剣な眼差《まなざ》しが俺をとらえた。

「カエデのことが好きなの！　だから、止めてくれたら、そのときに言おうって思ってたの！」

「なっ？　えっ？　で、でも、それなら最初から言ってくれれば……」

「言おうと思ってたわ。だけど、最近は好きだって言ってくれなかったじゃない。この子とばかり話してるし。話すタイミングがなかったんだもの」

そう言って、アメリアがクロエを振り返る。

クロエは仏頂面《ぶっちょうづら》でそれを見ていた。

「い、いつからなの？」

「わ、私がカエデのことを好きになったのはね。ほ、ほとんど最初に会ったときからです……」

「なら、なおのこと最初から言ってくれればよかったじゃないか。どうして今頃になって言い出すのさ。全然そんな気ないんだと思ってたよ。酷いじゃないか」

「だって、カエデが好きって言ってくれるのは、いつも私が混乱して、何も言えなくなってるときだけじゃない。それ以外だと、冗談《じょうだん》めかしてしか言ってくれなかったもの。言おうと思ってても、もう好きじゃないかもって思えて、どうしても言えなかったの」

俺はいきなりの急展開に、何が起きているのかもわからなかった。

そういえば、アメリアは自己評価が低いんだっけかと、リリーの言葉が思い当たる。

それにしたって、いくらなんでもだ。

「そ、それじゃ、引き抜きの話は？」

「そんなの、昨日のうちに断ったわ」

「そんな。俺はめちゃくちゃ傷ついたんだよ」

「だから、謝ってるでしょ。本当にごめんなさい」

いったい俺は、なんのためにあんな思いを味わったのだ。

だけど、もしかして、これは、俺に彼女ができる流れではないだろうか。

もうとっくに諦《あきら》めていたのに、この流れだとそうなる気がする。

「じゃ、じゃあ、アメリアは俺と付き合ってくれる？」

「何に付き合えばいいの？」

この世界に付き合うとかそういう概念はないのだろうか。
十四、十五で結婚する世界なら、そういうこともあるかもしれない。
しかし、俺は彼女ができるということにこだわって、言葉を選んだ。

「お、俺と、婚約してくれないかな」

「は、はい……」

「そんなの許さぬぞ！」

いきなりクロエの顔が目の前にあった。

せっかくこんな記念すべきときに、いったい何を言い出す気だ。

「妾《わらわ》の方が、こんな小娘よりもよっぽど美しくなるのだ。何を血迷っておる。絶対に許さぬからな！」


いきなり怒り出したと思ったら、クロエは悲しそうな顔をしていた。

発作的に感情を爆発させたクロエを見て、アメリアは飛び上がるほど驚いていた。

これは誤解を解いておかないと、あとで面倒なことになりそうだ。

だけどクロエを悲しませたくなかった俺は、アメリアに耳打ちする。

「こいつちょっとさ、自分のことを人間だと思い込んでて、俺と結婚するつもりでいるんだよ。元の体の持ち主と記憶がこんがらがってるんだと思う。そのうちよくなるかもしれないから、今だけ話を合わせておこう」

クロエに聞かれないように、アメリアの耳元でそう言った。

そのささやいた耳まで赤くなるアメリアが可愛《かわい》い。

「わかったわかった。それじゃ、お前とも婚約してやるから、それでいいだろ」

「いやだいやだいやだいやだ！　どうして妾《わらわ》が他の女と一緒なのだ！」

クロエは泣きながら暴れ回る。

まるで、小さい子供がだだをこねてるみたいだ。

いつもは尊大《そんだい》な態度をとるくせに、何をここまで取り乱すことがあるのだろう。

せっかく俺に彼女ができた記念すべき日だというのに、どうしてこんなことになるんだ。

「私だって婚約者がもう一人いるなんて嫌だわ。だけど我慢するから、クロエも我慢して」

「やかましいわ！　この泥棒猫《どろぼう》めが！」

本気でいきり立って、アメリアに掴みかかろうとするクロエを、俺はなんとか押しとどめた。

「とにかく落ち着いてくれよ。そんなに暴れたら危ないって。婚約してやるって言ってるんだからそれでいいだろうが」

「口裏を合わせて、妾《わらわ》を誤魔化《ごまか》そうとしているだけではないか！　本気で婚約する気があるのか⁉

ならば本気で約束してみせよ」

そう言ってクロエが手のひらをこちらに向ける。

例の契約を結ばせる気だ。

「う……」

アメリアに耳打ちしたことを聞かれていたのか。

俺としては、クロエには言葉で言い表せないほどの感謝があるから、本気で悲しませたくないのだ。

さてどうしたものかと、アメリアと顔を見合わせた。

アメリアの顔はまだ赤くなっている。

見慣れたその顔を見るのが、妙に恥ずかしい。

こんな可愛《かわい》い子が、今日から彼女なのだと思ったら、顔がにやけるのを抑えられない。

俺とアメリアは同時に、へへへと笑い声を漏《も》らした。

それで油断した俺は、クロエの蹴りがアゴに刺さって気絶したのだった。

18

俺が気絶から目覚めたのは、昼を過ぎた頃だった。

つきっきりで見ていてくれたらしいアメリアが目の前にいる。

そして、腹の上ではリリーが丸くなってこちらを見ていた。

「よかったじゃないの」

リリーから俺の悲願成就《じょうじゅ》に対してかけられた言葉は、それだけだった。

相変わらず人間の感情には無頓着《むとんちゃく》な猫だ。

「クロエは？」

「泣き疲れて私のベッドで寝てるわ。ちょっと話したんだけど、なんだかクロエは本当にカエデのことが好きみたいよ。混乱じゃないような気がするわ。その気持ちが、私にはよくわかるもの」

目覚めた俺にアメリアは、こんなことを言い出した。

今まで気持ちを言い出せなかったことで、変な同情心でも芽生《めば》えたのだろうか。

俺だってクロエのことが嫌いではない。しかし、死体に宿った精霊がただ混乱しているだけなのだ。その思いを受け入れてやるというのはどうも……

――はあ、それにしてもこんな可愛《かわい》い彼女ができるなんて俺は幸せ者だ。

「鼻の下が伸びてるわよ」

俺の上から動こうともしない猫がそんなことを言う。

邪魔だなあと思うが、顔には出さない。

「ホント、にやけてるわ」

そう言うアメリアも顔がにやけていた。

「そりゃあね」

アメリアの手に自分の手を載せるが、そげなく払われてしまった。

その態度に多少なりとも傷ついた。

「ちゃんとクロエのことも考えなきゃ駄目じゃない。なにか思わせぶりなことでもしたんじゃないの？　それとも一緒にお風呂に入ったときに、何かあったんじゃないでしょうね」

「いやあ、あいつは最初からあんな感じだったよ。それに、自分のことについては何も話さないから、俺もよくわからないんだよね」

「ねえねえアメリア聞いて聞いて。こいつったらね、頭の中ではキスのことしか考えてないわ。今も上の空で答えてるだけよ」

もう一度アメリアの手を握ったが、今度は振り払われなかった。

リリーに考えていたことを言われてしまって、さすがに俺も顔が火照《ほて》る。

アメリアの顔も赤いが、きっと俺も赤くなってるだろう。

だけど、俺はキスがしたくてたまらなかった。

「そう、そういうことがしたいの……。で、でも、今は駄目なの。もうちょっと待ってね。それに、クロエのこともちゃんとしなきゃ駄目だわ。あんなに軽く婚約を口にするのもよくないわよ。私なんて、いきなり二股宣言されたみたいで嫌だったもの。ああやって、その場その場で誤魔化《ごまか》すようなことばかりしてるからよくないんだわ」

アメリアに睨《にら》まれる。

それにしても、どうして今はキスしちゃいけないのだろう。

リリーに見られていることでも気にしているのだろうか。

「そうよそうよ。貴方《あなた》は周りの女に見境いがなさすぎるんだわ。アメリアも気の毒ね。こんな男と婚約してしまうなんて、私まで責任を感じてしまう」

「なあ、リリー。ちょっと二人きりにしてくれないか。後で串焼きでも何でも買ってきてやるからさ。町で一番高級なやつを買ってきてやるよ」

「いやらしいわ。二人きりになって何をするつもりなのかしら。あら、聞くまでもないわね。まだアメリアの唇《くちびる》のことばかり考えているもの」

「もう、今は駄目って言ってるでしょ。どうしても駄目なのよ。ちょっとだけ待ってね」

「残念ね。じゃあ、代わりに私がしてあげてもいいわよ」

「猫とそんなことする趣味はねえよ」

「酷いわ。ところで、高級店の串焼きを買ってきてくれる話は、まだ有効なのかしら」

恋人同士が話しているというのに、よくここまで無神経に割り込んでくるものだ。

一体どういう神経をしているのだろうか。

俺がもう遅いよと言ったら、そんなのおかしいわと怒り出した。

非常にめんどくさい奴である。

「ねえ、私もちょっと自由になるお金が欲しいんだけど、もらってもいい？」

アメリアがこんなことを言い出すのは珍しい。

俺はボールを開いて、中に入っていたお金入れの袋をアメリアに渡した。

アメリアはそこから一掴みくらいのお金を取って、その袋を返してくる。

「もっと持ってた方がいいよ。何かあったとき、持ってないと困ることもあるかもしれないから」

俺はそう言って、袋に入っていたお金を半分くらいアメリアに渡した。

農閑期《のうかんき》の間だけはあまりお金も入ってこなくて貴重なのだが、監視業務のおかげで日用品を買うくらいは十分にある。

もっとも、監視業務があるのは農閑期《のうかんき》の最初の方だけらしいので、これからは安い値でも戦利品を売らなければならなくなるかもしれない。

だけど、俺はもうそんなこと半分くらいどうでもよくなっている。

正直、迷宮とかよりも今はアメリアのことで頭がいっぱいだ。

これ以上、考え事など増やしたくもない。

彼女がいなかった三十五年間のおかげで、頭の中ではやりたいことが列を作って待っている。

その記念すべき第一陣が、キスをすることなのだ。

「午後は休みにしましょうか。私は出かけるから、カエデはクロエとちゃんと話しなさいね。しっかりと向こうの言い分も聞いてあげなくちゃ駄目よ。カエデがちゃんと考えて選んだことなら、私はどんなことでも受け入れてあげるんだからね」

そう言って、アメリアは俺の頬《ほお》にキスをしてくれた。

恥ずかしいらしく、そのままアメリアは足早に部屋から出ていってしまった。

意外と大胆《だいたん》なことをするんだなと思う。

部屋に残されたアメリアの甘い匂《にお》いが名残惜《なごりお》しい。

俺も一緒について行きたいが、いまだ黒い毛玉が、俺の上に陣取って不満を並べ立てているので動くこともできなかった。


しばらくしてクロエが起きてきた。

すごい迫力の表情で部屋に入ってきたので、リリーすらも逃げ出した。

正直、俺も逃げ出したい。

「上手くいかなかったときは、お前と付き合ってやるって話だっただろ。どうしてそんなに怒るんだよ。しょうがないじゃないか」

クロエは何も言わずに俺に抱きついてきたので、しょうがなく俺も抱きしめてやった。

そのまま頭をなでて慰めてやる。

いつもこうなのだ。

言うべきことは何も言わずに、態度だけで俺に対する好意を表してくる。

それでも、死体に取りついた精霊なのだから、まっすぐ受け止めるのは難しい。

「二番目でもいいから、妾《わらわ》を妻にしておくれ」

不意に、クロエが呟《つぶや》いた。

うーん。

この世界では、そんなことが許されることなのだろうか。

それにしても、アメリアが聞いたら、何と言うかわかったものではない。

「今は人間になったような気がするだけで、そのうち、そういったことには興味がなくなると思うぜ。もうしばらく、このままでいいんじゃないか」

「妾《わらわ》は人間なのだ。本当は精霊ではない」

「そんなことあるわけないだろ。だって、魔法を使うときに力を貸してくれたじゃないか。普通、人間にはそんなことできないんだぜ」

「元は精霊だからできるのだ。それならば、人間だと証明できれば結婚してくれるか」

「ああ、いいよ」

これは別に証明できないだろうと思って答えたのではなく、本当に人間だったら結婚してもいいと思えたからだ。

だけど、現実には無理だろうからしょうがない。

それに、そんなことをアメリアに言ったらどうなるか、考えただけでも恐ろしい。

「本当だな？」

「証明できたらな」

「それでは、そのときまでせいぜいあの小娘に取り入っておこう。本妻にいびられてはかなわんからの」

やっと話がまとまって安心し、うたた寝をしていたらアメリアが帰ってきた。

色々と食べ物も買ってきてくれたようで、ちょっと早いが夕食を作ることになった。

そしたらクロエも手伝うと言い出して、アメリアと一緒に作りはじめる。

アメリアは、クロエにびびっているのか及び腰な態度である。

俺はクロエが変なことを言い出さなければいいなあとぼんやり考えながら、その小さな背中を眺めていた。

「もし、其方《そなた》とカエデが結婚するときには、妾《わらわ》が第二婦人になることになった。これからは、そういうことでよろしく頼む。料理なども教えてもらいたい」

その言葉を聞いたアメリアが、振り返って俺を睨《にら》んだ。

ああ、やっぱり俺って馬鹿なのかなあと思うしかない。

どうして付き合いだした初日から修羅場を演出してしまうほど抜けてるのだろう。

クロエは最初から自分が精霊などとは疑っていないのだから、確定事項のつもりでいるのはあたりまえだ。

しかし、これ以上こじらせたくない俺はなんとも言えない。

「そういうことになったのよのう？」

「あ、ああ……」

「そう、本当にカエデはあなたとの結婚を約束したのね」

「うむ」

「……いきなり浮気なの？」

俺がそうだとも違うとも言えずにいたら、アメリアは泣き出してしまった。

泣きながら、それならしょうがないわねなどと言っている。

それきり、ああいう甲斐性《かいしょう》のない男は駄目ね、などとクロエと話しはじめた。

俺としては話をまとめただけなのに、目の前で陰口をたたかれるのは理不尽に思える。

しかもリリーまで加わって、俺がろくでなしということで三人とも一致した。

大体、俺は頭のおかしな精霊と契約してしまっただけで、浮気のつもりなど微塵《みじん》もないというのに、何を勘違《かんちが》いしているのだ。

そんなことを考えていたら、いつの間にか夕ご飯ができあがった。

三人と一匹でテーブルを囲んでそれを食べる。

ふかした芋を食べていたら、俺はあることに気がついた。

「う、うそだろ……。ちょ、ちょっと、お前……」

俺は慌ててクロエの胸に手を伸ばした。

「きゃあ、な、何してるのよ！」

「いや、アメリア、そのことはちょっと待って。おいクロエ、ここをどこかにぶつけたか？」

「いいや」

初めて会ったときよりも、少しだけ大きくなっている。

そんな馬鹿な。

魂が死んでたら成長しないはずなのに、どうして成長しているのだ。

19

「い、いくら婚約したからって、そんなのはよくないわ」

クロエの体にべたべた触る俺に、アメリアがそんなことを言った。

だが、俺はそれどころではない。

「おまえ、成長してるのか……」

「うむ。だから人間だと言うておるだろう」

そんなばかな。

いや、俺だって神様に飛ばされてこの世界に来たのだ。

もしかしたら、ファンタジー世界ではそういうことも起こりうるのかもしれない。

「そんな、何かの見間違いでしょ？」

俺の言葉にアメリアも驚いた。

だけど、クロエの体は確かに成長しているように見える。

成長期でもおかしくない年齢なのだから、生きてるのなら不自然ではない。

「いや、ただ太っただけかもな」

「かもしれぬ」

「ねえ、どうしてそんな風に自然に体に触ったりできるのよ。私の知らないところで、そんな関係になってたの？」

「ち、違うって。別に何もないよ。今のはちょっと驚いたからさ」

「そうだ。我々は夫婦として当然のことしかしておらん」

「…………」

ぴしりと、空気の割れる音を聞いた気がした。

俺はダレンのようにハーレムを作る気など毛頭《もうとう》なく、最初からアメリア一筋である。

これまでちっとも女にもててこなかったのに、どうしてこうなるのだ。

それとも精霊というのは、どいつもこいつもめんどくさいやつばかりなのだろうか。

「ねえアメリア。このあと二人で散歩にでも行かない？」

「行かない」

「いや、ちょっと誤解があってさ、そのことを話したいんだよ」

「誤解なんてないわ。浮気者のろくでなしなのよ」

まるでリリーみたいなことを、アメリアは言った。

「ち、違うって、誤解もいいとこだよ」

アメリアはつんとすまして、もう話を聞いてくれもしなくなった。

クロエも面倒なことをしてくれる。

「それでは、そろそろ風呂にでも入るとしようかのう、カエデ」

「……おまえ、絶対にわざとやってるだろ」

「なんのことやら。ほれ、行くぞ」

やばい。

こんなことでアメリアを失いたくはない。

アメリアは額に青筋を浮かべて、わざとこちらを見ないようにしている。

俺がアメリアの肩をつかむと、それでやっと俺のことを見てくれた。

本気でアメリアを失いたくなかった俺は、かなり真剣だった。

「アメリア、世界で一番君を愛してる。本気だよ」

俺がそう言っても、アメリアは何も言わずに俺を見返してくるだけだ。

気持ちは伝わってくれただろうか。

見つめ合ってるのが恥ずかしくなって、俺は立ち上がって家のドアに向かった。

そしたら、今度は感情が抜け落ちたような顔のクロエが、目の前に立っていた。

あまりのめんどくささに目眩《めまい》がする。

「妾《わらわ》に愛の言葉はないのか？」

「風呂場で考えるよ。ほら行こうぜ」

「考える？　そのようなものは、自然と心から湧《わ》き出てくるのではないか？　これから考えるとはどういうことだ」

「世界で一番感謝してるよ」

「ふむ、まあよい」

「ねえねえ私は私は？」

「やかましいわ！」

俺が怒鳴《どな》りつけると、リリーはしょげたような顔をしてうなだれてしまった。

どいつもこいつも本当にめんどくさい。

「いや、リリーは世界で一番、そうだな、手強《てごわ》い奴だと思ってるよ。これでいいか」

「まあいいわ」

いいのかよ。

それでやっと、俺はその場から解放されて家を出た。

外に出た俺は、クロエと一緒に風呂に入る。

今まで恥ずかしくてあまり見ていなかったが、今日はしっかりと確認した。

うーん、確かに成長しているような気がするんだよな。

「おまえはどうやって、自分が人間だって証明するつもりなんだ？」

「今考えておるところだ。この体はもうそれほど成長するわけではないからの。とはいえ、あと二年もしたら何かしら変わるであろう。しかし、劇的に変化するとも限らぬ。さて、そのときはどうしたものか」

まさかノープランとは思わなかった。

まあ、それならそれで都合がいい。

とりあえず俺は、アメリアに嫌われないことだけ考えよう。

「証明できるまでは、ただの精霊でたのむぞ。アメリアをあんな風に刺激するのはやめてくれよ」

その言葉に、クロエは何の返事もしない。

まあ、クロエがアメリアと仲良くしようとしてくれるのはいいことだ。

ただ話をこじらせて、自分の都合のいいようにされてはたまらない。

「本当に頼むよ。お前のことも好きだし、感謝もしてるけど、本当にアメリアを失いたくないんだ」

「しょうがないの」

それを聞いて、俺はやっと安心した。

しかし、クロエの表情はかなり不満があるように見える。

召喚するときに、俺があまりに人恋しい気持ちだったから、こんなことになったのだろうか。

俺はそのまま不満顔のクロエに体を洗われ、いつものように溜《た》まっていたものをはき出させられた。

今になって初めて気がついたが、それをしているときのクロエは顔を紅潮《こうちょう》させている。

興奮しているのか恥ずかしがっているのかわからない表情が、いかにも人間らしく見えた。

そんな彼女の様子が厄介《やっかい》事に思えてしまって、俺の中に罪悪感が芽生《めば》える。

これほど味方になってくれて支えてくれた異性など、婆ちゃん以外でいた記憶がない。

その婆ちゃんにも、孝行をする前に死なれてしまった後悔がある。

それに、もし精霊じゃなくて、アメリアもいなかったら、本気で惚《ほ》れていただろうなとも思う。

俺は重い気持ちで風呂場をあとにした。

家に入ると、出ていったときの体勢のままアメリアが固まっていた。

「どうしたの？」

「えっ、あっ、なっ、なんでもないわ」

アメリアはそそくさと部屋に入っていった。

俺も自分の部屋に入る。

今日は夕ご飯が早かったので、まだ夕方くらいの時間だ。

このまま横になっていても寝られるとも思えない。

最近はもう作るものもなく、アメリアに教えるようなこともなくて、非常に暇《ひま》である。

そういえば、明日はまだ監視業務があるのだろうか。

もしなければ、冬の間に蓄《たくわ》えが尽きてしまう。

俺は面倒だと感じながらも、ギルドに飛んで受付で確認をした。

そしたら、監視業務は今日が最終日だという。

おかげさまで今年も死者を出さずに無事終えました、という定型の挨拶《あいさつ》を聞きながら、俺は確実に足りなくなるであろう生活費を思って、途方に暮れた。

「ギルドで素材の買い取り価格が戻るのはいつ頃なんですか？」

「えーと、例年通りであれば、雪が溶ける頃には戻ると思われます。お金にお困りなのでしょうか。もし素材を売りたいのであれば、低層で出るものでしたら、通常の価格で買い取ることになっていますよ。そうしないと、出稼ぎで来た方が次の年から来てくれなくなってしまいますので、無理をしてでも、通常価格で買い取ることになっています。大きな魔石や結晶石に関しては、そのうち買い取ることもできなくなるでしょう」

「冬の間に、何か依頼はありますかね」

「残念ながら、もう予約がいっぱいで、今から申し込んでも受けられるのは、春になってからとなります」

おーう、これは詰みじゃないだろうか。

俺が青くなっていると、受付の人が小声で言った。

「どうしてもお金が御入り用でしたら、闇市で売るというのも手ですよ。もしばれますと冒険者資格剥奪《はくだつ》ということになっていますが、見つかったという話は聞いたことがありません」

なるほど。

そんな手があるならそれで行こう。

元の世界の感覚ではありえないことだが、こっちの世界はそのへんがだいぶゆるい。

ギルドだって働き手を失いたくないから、多少のお目こぼしはあるのだ。

俺は家に帰って横になった。

この時期なら、どうせ闇市の方でも買いたたかれるだろうから、少しだけ売ることにしよう。

それなりの冒険者になったつもりでいたのに、この隙間《すきま》風が冷たい極貧生活はまだまだ続くらしい。

やけに冷え込むので、窓から外を見たら雪が降り出していた。

子供の頃は雪が嬉しかったのに、今となっては気が重くなるだけだ。

俺はクロエを正面に抱え込むようにして、この日は眠りについた。

20

朝になって、アメリアに起こされた。

そのまま楽しそうなアメリアに連れ出されて外に出る。

外に出た途端、まぶしさで目の奥がずきりと痛んだ。

しばらくしてやっと目が慣れてきたと思ったら、目の前には一面の銀世界が広がっていた。

十五センチくらいの雪が積もっている。

「すごいわね。こんなに時期に雪が降るのを初めて見たわ。昨日の夜もすごい寒さだったものね」

はしゃいでいるアメリアとは裏腹に、これは冬物の服が必要かなと、現実的な考えが浮かぶ。

迷宮は地下だから、一年中温度は一定だろうと思うが、地上にいるときはそうもいかない。

今朝など、すごい冷え込みで何度も目が覚めたのだ。

雪が降ってる間はそうでもなかったが、雪がやんだ朝方の冷え込みはすごかった。

布団も、もうちょっと値の張る物でないと、本当に死んでしまいかねない。

金はかかるが、揃えるより他にないだろう。

「寒いから中に入ろうよ」

「感動がないのね。お年寄りみたいだわ」

「ずいぶん今日は機嫌がいいんだね。俺は寒くて、夜中に命の危険を感じるほどだったのに」

アメリアはまだ中に入る気がないようなので、俺は顔を洗って歯を磨《みが》いた。

寒くて顔が凍《こお》りつきそうだ。

タオルを出して顔を拭《ふ》いたら寒さの限界を感じたので、さすがに家の中に入りたくなった。

「ねえ、中に入ろうよ。こんな日に外にいたら死んじゃうよ」

そうねと言って、俺の横を通り過ぎようとするアメリアの肩をつかんだ。

自分でも、どうしてそんなことをしたのかよくわからない。

アメリアの肩がビクッと震えて、その瞳《ひとみ》が俺のことを見上げる。

何となくキスするチャンスじゃないかと思ったのだが、急に緊張が押し寄せてきた。

引き下がれなくなってしまったと感じたので、アメリアに顔を近づける。

アメリアが目を閉じたので、俺は彼女の唇《くちびる》に自分の唇《くちびる》を重ねた。

本当に触れただけなので、少しだけ温かいことしかわからなかった。

「冷たいわー」

照れ隠しなのか、必要以上に明るい調子でアメリアが言った。

俺は何と言っていいのかわからないので黙っていることにした。

ただ、家の中に入ろうと視線だけでアメリアを促す。

「昨日の言葉、絶対に忘れちゃ駄目だからね」

不意にアメリアが言った。

俺は一瞬、何のことだかわからなかった。

何のことだろうと考えていたら、アメリアが目を細める。

「世界で一番って言ったでしょ。あれ、忘れちゃったの？」

「ああね。忘れないよ」

そう答えたら、アメリアは機嫌よく家の中に入っていった。

俺もそれを追いかけて家の中に入る。

ストーブが真っ赤に焼けているのに、家の中は頼りない暖かさだった。

そのあと朝食を食べて、俺たちは迷宮の十二階へと下りた。

最初にクロエに、ロアフレイムをアメリアに教えてくれるよう頼んだ。

クロエは渋《しぶ》ったりせずに、素直にアメリアの頭に触れて魔法を教えてくれた。

それで準備は万端とばかりに探索を開始したら、最初の三体がアメリアの魔法だけで蒸発《じょうはつ》してしまう。


これでは魔法や剣の練習にはならない。

仕方ないので、少しずつ下の階を目指すことにした。

ちなみに、これまた走りながらの移動である。

このところクロエを背負いながら戦っていたせいか、ものすごく体が軽い。

いつの間にかオーラの使い方に慣れていたのだろう。

というか、地面が柔《やわ》らかく感じられるのはどういうことだ。

俺はペースを落として、アメリアに合わせることにした。

十三階でも十四階でも敵が簡単に倒せてしまったため、十五階まで下りることになった。

そこで初めて現れたゴーレムが、やっと俺たちの魔法での先制攻撃に耐えられる魔物だった。

赤く燃えるゴーレムに俺は斬りかかる。

口の中でクラウソナスと唱えて、光の剣を振りおろす。

敵の動きはあまり速くない。

ゴーレムは一撃で真っ二つに崩れ落ちてしまった。

「全く練習にならないな」

「そのようだの」

結局、俺たちは十八階まで下りることになった。

そこには、オームという蟹《かに》の化け物みたいなやつが出る。

足が長くて蜘蛛《くも》にも見える魔物だ。

そして、魔法にやたらと高い耐性を持っている。

クラウソナスですら、一撃では足を斬ることすらできない。

アメリアがキネスオーブで殻《から》を削《けず》り、そこを俺が斬ってなんとか倒した。

かなり手強《てごわ》い。

しかも、ハサミのついた両腕の動きは速く、油断していると腕くらいは簡単に切り飛ばされてしまいそうだ。

「こやつを相手に練習するのがよさそうだの。それでは、走って次のを探すぞ」

「こんなのが何体も出てきたら、やばいんじゃないか。いくらなんでも、練習相手には辛《つら》い気がするんだけど」

「その剣を持って、そのような心配をする奴がおるか」

「確かにすごい魔法剣だけど、こいつらには通用しないじゃないか」

「それは使い方がわかっとらんからだ。もし危ないときは、妾《わらわ》が倒すから心配いらん」

滅茶苦茶《めちゃくちゃ》な話だけど、こいつがそう言うなら、多分そうなんだろうなと思えた。

そのままオーム狩りを続ける。

昼近くなっても、俺にはそれほど疲れが出てこなかった。

そろそろ昼食にするかという頃、相手にしきれなかった一匹を後ろに逃してしまった。

そのオームに、アメリアの横にいたクロエが飛びかかる。

気持ちの悪い動きで飛び出したクロエは、オームの下に潜り込むと、そこから敵を蹴り上げて真っ二つにしてしまった。

伸び上がった綺麗《きれい》な足には、アーリマンブレードの黒い霧が発生していた。

色々と言いたいことがあったが、俺は目の前の敵に集中した。

そして、なんとかそれを倒し終える。

どっと疲れた体で、クロエのもとに歩み寄った。

「どうしてまた、下に何も穿《は》いてないいんだよ」

「そんなところばかり見てるでない。ここには我々しかいないのだから、別にいいではないか」

意外なことに、クロエは恥ずかしがっている。

俺はボールの中から下着を出して、それをクロエに穿《は》かせようとした。

「ちょっと、その下着は私のじゃない。どうしてカエデが持ってるのよ」

「いや、クロエが自分の異空間を出すのを嫌がるから、仕方なく俺が持ってるんだよ」

アメリアに指摘されて、下着を持っているのが急に恥ずかしくなる。

俺は、さっさとクロエに穿《は》かせた。

そして恥ずかしいのを誤魔化《ごまか》すためにクロエに質問した。

「どうして、クラウソナスより弱いはずのアーリマンブレードが一撃で倒せたんだ。それに、その魔法は体に使っても大丈夫なのか」

「あまり魔法に慣れないうちは真似《まね》してはいかん。それに、使い方がわかっておらんから威力が出ないのだ。それも、おいおいわかってくるだろうから、今は焦《あせ》らずともよい」

また出し惜《お》しみをされているような気がしないでもないが、俺はそれで納得しておくことにした。

そして、昼食を食べてからクロエの特訓が再び始まる。

午後になってちょっとするとアメリアが疲れてしまったので、精霊を交換することになった。

俺のマントのフードには、リリーが収まることになってしまって閉口する。

うるさくて練習に身が入らない。

それにしても、後ろで手をつないでいるアメリアとクロエを見ていると、なんだかドキドキするのは、俺の頭がおかしいからだろうか。いや、そんなことはない。可憐《かれん》な美少女二人が手をつないでいるのだ。

「本当に変態ね」

リリーには、その情景を理解するだけの心が足りてないのだろう。

断じて俺は変態などではない。

しかもアメリアは息を切らして、顔を火照《ほて》らせているのである。

それを見て多少の興奮はしょうがない。

「最近は開き直った変態になったわね。底知れない感じがして怖いわ」

そんな心ないリリーの言葉を聞きながら、俺は特訓に精を出した。

というか、独特の雰囲気《ふんいき》を出している後ろの二人は、なんだか近寄りがたいものがあって声を掛けられなかった。

そのせいで、俺はリリーの暴言に心を痛めつつも、敵を倒しているしかなかった。

探索が終わる頃には、俺の千鳥足《ちどりあし》のせいで、リリーはすっかり車酔いみたいになっていた。

フードの外に吐いてくれたのが救いだった。

でも、そんな状態になっても音《ね》を上げなかったので、こいつもアメリアに似て頑張《がんば》り屋なところがあるなと感心した。

そのあとは、一応値段だけ確認しようと思ってギルドに行った。

そしたら、いつもより早い時間だったからか、人が大勢いる。

さすが農閑期《のうかんき》だけあるなと思っていたら、なぜか俺は注目されていた。

ひそひそと話しているが、漏《も》れ聞こえてくるところによると、俺は子連れオオカミと噂《うわさ》されているようだった。

知っている出稼ぎ冒険者がいたので話を聞くと、監視業務に当たった冒険者はこうして噂《うわさ》されるのが毎年の通例らしい。

監視業務をやった中では、俺が一番腕がよかったので、特に噂《うわさ》になっているそうだ。

俺がすごいのではなく、おそらく熟練冒険者なら蓄《たくわ》えもあるだろうし、普通は監視業務などやらないだろう。

蓄《たくわ》えもなく事情も知らずにいたので、俺は仕方なく依頼を受けたのだ。

しかも、クロエを背負いながら戦っていたせいで、格好のネタだったらしい。

俺たちはそそくさと用事を終えて、逃げ出すようにギルドを後にした。

最近はなるべく目立たないようにしていたのに、とんでもない失態である。

だけど今では、ブランドンから刺客を差し向けられるくらいのことは、あまり恐れていないのも事実だった。

迷宮というのは、二十階までしかないのだ。

すでに十八階の魔物ですら練習相手にしてしまっているのだから、ランクの高い冒険者程度なら恐れる必要を感じない。

それに、クロエに至っては全力を出したところすら、まだ見たことがないのだ。

21

ギルドで提示された値段があまりに低かったので、俺たちは闇市があるスラム街へと行った。

スラムといっても、たいしたことはない。

そこで値段を聞いて、適当に魔石などをいくつか売る。

その売って得た金を持って、衣料品を売っている高級店へと入った。

そこで冬用の防寒着を買う予定だった。

「妾《わらわ》も服がほしい。着飾ればきっとお主の気持ちも変わるに違いない」

「マジかよ。今は金がないんだぜ。あんまり高いのは勘弁《かんべん》してくれよな」

「あら、私には買ってくれないの？」

クロエに対抗して、アメリアまでもそんなことを言い出す。

さっきの闇市では、通常の半額くらいでの買い取りだった。

だから、なるべく売らないでいたのだ。

「まあ、少しくらいなら平気だけど。あと、クロエの下着も見てやってくれないかな。それに、布団も羽毛の入った温かそうなやつを買おう」

「わかったわ。それじゃ、私たちの買い物が済むまで、カエデはどこかで時間をつぶしてきて」

「俺は別に、ここで待っててもいいけど」

「下着とかも買うのよ」

睨《にら》まれてしまったので、俺は仕方なくリリーと外に出る。

そこで、鍛冶屋《かじや》に行って刀に自動修復の機能を取りつけてもらった。

もう敵の魔法攻撃を気にする必要がないので、どうせ訓練するなら、最終的に使う武器の方がいいと思ったからだ。

土の精霊石という特殊な石を取りつけるだけで、その機能は付与することができるらしい。

精霊石というのは、たぶん魔力によって意思を持った石とか、そんなところだろう。

剣と盾を売ったら、それだけで費用がまかなえた。

気づけば一時間ほど経ったので、屋台で食べ物を買ってからアメリアたちのもとに戻ったが、まだ二人の買い物は済んでいなかった。

あれやこれやと品物を手に棚をあさっている。

俺は懐《ふところ》が心配になって、もう一度闇市へと行って、追加で素材を売った。

それで戻ってきたら、やっと会計に向かってくれた。

店主の言った千百二十五シールの値段に、一瞬聞き間違いかと耳を疑ってしまう。

俺が持っていた金だけでは足りずに、アメリアに渡してあったお金も合わせて、なんとか支払うことができた。

二人は文句を言われることを恐れているのか、俺と目を合わせようともしない。

俺は家に帰ってから、二人と一匹を呼び出して緊急会議を行《おこな》った。

「まったく、二人とも今の状況をわかってないよ。ギルドでの買い取りがないのに、お金がなくなっちゃったじゃないか。どうしてそんなに高い服が必要なんだ」

「お主の浮気癖《ぐせ》のせいで、妾《わらわ》も色々と大変なのだ。どうせ特訓のために迷宮へ行くのだから、少しくらいのお金はいいではないか」

「なんだか所帯じみてきたわね。昔のカエデはもっと楽天的だったわ」

「私なんか、何も買ってもらってないわ。どうして私まで怒られるのかしら」

「確かに、リリーは悪くないね」

「リリーが欲しがっていたソファー付きの椅子《いす》も、クロエと一緒に選んで買ってきたのよ。何も買ってないわけじゃないわ」

「そうだ。単品ではそれが一番高かった」

「じゃあ、全員仲良く無駄遣いしたわけだ。そのせいでかなり厳しいことになったよ。とにかく、明日からは本気で稼《かせ》ぐことになるから、そのつもりでいてくれよ」

俺がそう言っても、二人と一匹に緊張感はなかった。

思わず、俺の口からため息が漏《も》れる。

せっかく彼女ができたのだから、冬の間は迷宮など行かずにイチャイチャしていたかったのだ。

それなのに今日の買い物のせいで、その夢は露と消えた。

がっくりと肩を落として、屋台で買ってきたものを夕ご飯にしようと包みから取り出していたら、アメリアが毛布と同じ生地《きじ》でできた温かそうなコートを俺に差し出してきた。

そう言えば、俺は自分の防寒着のことも忘れていた。

そしたら、クロエもズボンとシャツを俺に寄越した。

なんだか、そんなことが非常に嬉しい。

その後、ご飯を食べて新しく買ってきた布団をベッドの上に広げた。

どっちが言い出してこれにしたのか知らないが、かなりの贅沢品《ぜいたくひん》である。

家具はもうだいぶ揃ってきたから、次はこのぼろ家をなんとかしたい。

だけどそれは、どうしても春になってからということになるだろう。

冬の間に出した戦利品を春に売れば、煉瓦《れんが》造りの家を買えるかもしれない。

布団を敷き終えたら、昼間に手をつなぐクロエとアメリアを見て以来、かなりムラムラしていた俺は、クロエを風呂に誘った。

風呂釜《ふろがま》に火を入れて、お湯が沸《わ》くよりも先に風呂場に入った――

風呂から上がったら体がぐったりしていたので、そのまま布団の上で横になる。

ボロい天井を見上げていたら、貧乏長屋に住む浪人になったような心地がした。

妻一人、子一人、ペット一匹で慎ましく暮らしているような浪人だ。

そんな妄想《もうそう》をしていたら、アメリアとクロエが部屋の中に入ってくる。

クロエはベッドの上に、アメリアはベッドの端に座った。

二人が揃うと、妙に威圧感があるのは何でだろうか。

「ふたりして何かな。できれば、もうちょっと仲良くしてほしいんだけど」

「いつ仲の悪いことがあった。妾《わらわ》はお主が浮気症なおかげで、第一夫人に取り入ろうと必死なのだ。これ以上ないくらい仲良くしようとしておるわ」

「そ、そうかしらね。でも、私だっていきなり現れた精霊に、カエデが惑わされるとは思わなかったわ。どうしてそんなに気が多いのかしらね」

「それが男というものだ。しかし、妾《わらわ》の方が本命で、小娘の方が浮気と言うことも考えられる。それでは、そろそろ寝るとしようか」

そう言ってクロエは、まるで当たり前のように俺にキスしてから布団に潜り込んだ。

俺が怖くてアメリアの方を見れずにいたら――

「最初はクロエの混乱がよくなるまでって話だったのに、そんなことまでして本当にひどいわ。私にはしてくれないの？」

俺はアメリアの方に向き直った。

その美貌《びぼう》に気後れしながらも、俺はアメリアの唇《くちびる》に吸いついた。

朝とは違い、今度はアメリアの唾液《だえき》にしっかりと唇《くちびる》が触れる。

やはりなんの味もしない。

ただ、アメリアの甘い匂《にお》いが心地よかった。


次の日も、迷宮の十八階で特訓をする。

俺は、アイスランスにクラウソナスを重ねる練習を始めた。

魔法の一連の動作の中に、別の魔法を割り込ませるので難しい。

だけど、クロエの言う、瞬間的な魔法の発動ができるのなら、成功するはずなのだ。

それを、今日は最初から俺のフードに入っているリリーに手伝ってもらって練習した。

しかし、半日練習しても一度も成功しない。

昼飯時《ひるめしどき》に何かコツはないかと、クロエに詳しく聞いてみる。

しかし、クロエの説明は、自分の魔力を信用しろだとか、頭の中の仕切りを取り払えだとか、どうも具体性に欠ける。

「よいか。頭の中で考えていることが、魔力に制限を与えるのだ。誰しも自分とそれ以外のものに境界を持っているであろう。そういったもの全てが枷《かせ》になって、本来の力を妨げる。あるがままを、ただあるがままに見て、そのあるがままの姿を受け入れよ。そうすれば、自ずと手足のように使いこなせるようになる」

「なんだか哲学みたいな話になってきたな。もうちょっとコツのようなものはないのかよ」

「色々試して、今やっておる非効率を捨てていけばよい。少し遠回りだがの。魔法を使うときに、もっと己の魔力の動きに目を向けるのだ。何をするときにも、お主の心は、お主の体と魔力を使って起こしたい現象を作り上げておる。普通なら自分の体だけでやっていると思えることも、魔力は力を及ぼしているのだ。慎重にならず、自信を持って、できると心から信じることだ」

「つまり『考えるな、感じろ』ってことか」

「そうとも言う」

もしかして、映画の中で見たような戦い方を、できると思い込めばいいだけなのだろうか。

昔スパイ小説で、プライベートな時間まで演技を続けてはいけないという下《くだ》りがあった。

演技を続けてしまうと、演技している人格に自分の人格が乗っ取られてしまうそうだ。

ならば、映画の登場人物のように演技していれば、そういう風に戦えるようになるのではないだろうか。

それなら簡単ではないか。

俺の好きな映画のキャラになりきってみれば……

「次に出てきたオームは、父さんから使うことを禁じられた酔拳《すいけん》を使って俺が倒す！」

何か間違ってるような気がする。

しっかりとポーズまでつけたことが少し恥ずかしい。

「おもしろい。そのような技を覚えておったか。では、その酔拳《すいけん》とやらで倒してみよ」

そんな無茶な、と思うが、演技は続けなきゃいけないんだよな。

どんなキャラだったかと、思い出してみる。

「すごいわ。是非《ぜひ》やってみなさいよ」

「すごいじゃない。そんなこともできるのね。私も見てみたいわ」

リリーとアメリアまで、なぜか信じている。

思わず突っ込みそうになるが、それを我慢して演技を続けた。

「こうしちゃいられない。さあ行くぞ！」

「いやよ。私はもうちょっと休みたいわ」

軟弱《なんじゃく》なことを言うリリーを、俺はフードの中に叩《たた》き込んだ。

そして、アメリアとクロエの手を引いて立たせる。

俺は敵がいそうな方へと走り出した。

すぐに敵は見つかった。

馬鹿なことをして死んだらどうしようとか、素手《すで》で倒せるわけがないとか、酒もないのにどうやって酔拳《すいけん》だとか、そういう余計なことを抑え込んで、自分にはできると言い聞かせた。

「ハイヤァーーーーーーーーアッ！」

俺はかけ声とともに飛び出した。

練習してきた千鳥足《ちどりあし》を使って、間合いを計りながら、最初の一撃を後ろにのけぞってかわす。

その不自然な体勢を狙ってきた敵に、カウンターの蹴りを放った。

オーラで強化された体が、その無茶な動きを可能にする。

蹴りは当たったが、ダメージを与えてる感じがまったくしない。

そのまま起き上がって、相手の胴体《どうたい》に連続で拳《こぶし》を叩《たた》き込む。

自分の声とも思えない甲高《かんだか》い奇声をあげていた。

上手くいっていることに自信を深めた俺は、どんどん映画の登場人物に入り込む。

靴に発生させたクラウソナスで、オームの足を刈り取った。

全力で踏み込むと、足下の土が深く陥没《かんぼつ》した。

それがまるでアニメや映画のようで、さらに俺をその気にさせた。

思いきり下から蹴り上げて、オームの体が浮いたところに、俺はとどめとばかりに踵落《かかとお》としを入れた。

「ホワァタァアーーーー！」

オームの体は二つに裂けて力なく横たわり、塵《ちり》になった。

俺は戦いのあとのむなしさを抱えながら、オームの消えたあたりを見下ろす。

「父さん……カタキは討ったよ」

22

「何を言うておるのだ。全部、妾《わらわ》の教えた足運びではないか。それに、態度がさっきからおかしいぞ」

「ねえ、カエデ、変なものでも食べたりしなかった？　言ってることの意味がわからないわ」

「すごいけど、もう付き合いきれないわ。あんなスピードで振り回されたら死んじゃう！」

二人と一匹からの突っ込みで、俺は現実の世界に戻ってきた。

なぜこんな馬鹿馬鹿しいことで倒せてしまうのだ。

自分でやっといてなんだが、ふざけすぎている。

「だけど、なんかつかんだような気がするんだよね。つまり、集中力と思い込みなんだ。世界と一体になったような感じでやればいいんだ」

映画の登場人物というよりは、映画の物理法則と一体になった感じだ。

映画の中に入って、その世界と一体になるようなイメージは、まさに仕切りを取り払って、世界

に身を任せるような感覚に似ていた。

「そうだ。そういう感じでやればよいのだ」

俺は、リリーをフードから出してアメリアに渡した。

もう俺に、精霊の力は必要ないように感じる。

「アメリアはオーラの使い方、わかってきた？」

アメリアはまだ俺に対して心配そうな目を向けている。

さっきまでの俺は、そんなにおかしかっただろうか。

「クロエのおかげでやっとわかってきたわ。それにしても、カエデはすごいわね。走るだけで地面の形が変わってるわよ」

そう言ってアメリアが笑う。

確かに俺が戦ったところは、馬が走った後のように地面が荒れていた。

地面はそんなに柔《やわ》らかくはない——どころか石のように硬い。

なんだか、前に見たクロエの常識外れな力にだいぶ近づいた気がする。

今ならディアウルフぐらい蹴り抜けるだろうか。

強くなっている実感が嬉しくて、それを表現するために俺はアメリアに抱きついた。

「きゃあ！　汗かいてるんだから、そんなことしたら駄目よ！　もう！」

すぐに逃げられてしまったが、それは匂《にお》いを嗅《か》いだあとだった。

なんだかムラムラするような匂《にお》いがしたのは、エルフの血が入っているからだろうか。

しかしそんなことは気に留めずに、俺はせっかく掴みかけたイメージを固めるために、すぐに探索を開始する。

まだいまいち感覚が慣れないので、映画の中と外を行ったり来たりしながら戦った。

後ろからは、父親の仇《かたき》はもう討たんでもいいのかとか、色々と冷やかしが入るが、俺は気にしない。

夕方頃になって、やっと俺は新しい魔力の使い方に慣れてきた。

今日のアメリアは、朝からクロエの力を借りているので、夕方を過ぎてもまだ動ける。

なので、俺は夜までかかってなんとか新しい力に意識を慣らした。

魔法の瞬間的な発動すらできそうな気がして、ファイアーボールで試した。

疲れて朦朧《もうろう》としていたからか、できるような気がしていたら本当に成功した。

まるで、自由自在に魔法を使えるような気がしてくる。

疲れているはずなのに、戦うことが楽しくてやめられずにいたら、リリーに怒られた。

見れば、アメリアがぐったりしている。さすがに、限界だったようだ。

俺はアメリアに謝ってから、家へのゲートを開いた。

そして風呂を沸《わ》かして、アメリアたちに先に入ってもらう。

その間に、街で夕食のおかずを買ってきて、アメリアたちが出てきたら、俺とクロエも風呂に入った。

風呂から出ても、アメリアたちは夕食を食べずに待っていてくれたので、三人と一匹で夕食を食べた。

夕食のあとは、アメリアの部屋で寝るまでの時間を過ごすことになった。

「最近のカエデはすごいわね。今日も怖いくらい集中してたわ。それでお父さんのことは、まだ思い出してしまうの？」

「怖いくらい情緒が不安定だったわよ」

「俺の親父なら、定年退職して釣《つ》りに夢中だよ。今頃、コタツでぬくぬくしながらミカンでも食べてるだろうね」

「そ、そうなの？　つらい記憶を思い出して苦しんでるのかと思って、すっごく心配したのよ」

「全然そんなんじゃないから、大丈夫だよ」

「それならそうと言えばよいではないか。なぜ狂人のふりをする」

「…………あのさ、アメリアと二人きりにしてくれるとありがたいんだけど」

「酷いわ」

「酷いのう」

「ほらほら、よい子はもう寝る時間だよ」

俺はリリーとクロエの首根っこをひっつかんで、俺の部屋へと運んだ。

そのままベッドの上に並べて毛布を掛けてから、アメリアの部屋に戻った。

「ただいま」

「お帰りなさい」

「ははは……」

「へへへ……」

まだ二人きりになると、どうしてもぎこちなくなってしまう。

これまでは全然そんなことなかったのに、婚約してからはどうも気恥ずかしい。

アメリアと結婚するのだと考えると、まだ信じられないような感じがする。

この子が俺のものになるのだ。

もっと言えば、この身体が、と考えて、アメリアの可愛《かわい》く膨らんだ胸と、ピンク色の太ももが視界の中に入って、心臓が跳《は》ねた。

すぐに視線を逸《そ》らすが、動悸《どうき》が速くなりすぎてうまく息ができない。

どうしたの、とアメリアの瞳《ひとみ》が俺の顔を覗《のぞ》き込んだ。

その優しさを含んだ温かいまなざしを見ていたら、動悸《どうき》が収まった。

キスをしようと思った。

肩をつかんで顔を近づけようとするが、アメリアは目をつぶってくれない。

どうしようと思っていたら、アメリアの細い指が俺の唇《くちびる》にふれた。

「その前に、クロエのことをどう思ってるのか聞かせて」

俺は言葉に詰まる。

でも、誤魔化《ごまか》さずに本当のことを言うことにした。

「クロエにはものすごく感謝してて、悲しませたくないんだ。それで、なぜか俺のことを好きみたいだから、どうしていいのかわからないんだよね」

「浮気者」

アメリアの目が急に細くなる。

どうしてもクロエが切り捨てられない俺は、やっぱりアメリアとつきあえないのだろうか。

しかし、アメリアの瞳《ひとみ》にはいたずらっぽい感じと、どこかしら余裕のようなものがあった。

「それって好きってことじゃないの。でも相手は精霊なのよ。きっと魅力的な見た目に惑わされてるだけだわ。感謝する気持ちと混ざっちゃったんじゃないの」

「でもそれだと、俺はアメリアにも惑わされてることにならないかな。同じように魅力的だし、同じように助けてくれたじゃないか」

そう。俺はアメリアにも命を助けられているのだ。

そのせいで、家とか思い出の詰まったものとか、たくさん失わせてしまった。

そうなる可能性があったにもかかわらず助けてくれて、それでも俺を気遣ってくれた優しさに惚《ほ》れたようなものだ。

「そうかもしれないわね」

と、アメリアはいたずらと余裕の混じった表情のまま言った。

だけど、魅力的と言われて少し照れている。

「でも、もしカエデがクロエのことを本当に好きなら、もう一人くらい奥さんがいても、私は別にいいのよ」

「マジ？？？？」

「ま・じ・よ。だってしょうがないじゃない。もう私は、カエデと離れるなんて考えられないもの。だからクロエを選ぶなんて言ったら許さないからね」

二人と結婚する未来を想像したら、夢みたいな生活だと思えた。

しかし、二人と結婚するなんて許されるのだろうか。

アメリアは、それも普通のことみたいな感じで話している。

「それじゃ、ついでにリリーとも結婚してみる？」

その冗談《じょうだん》に、俺は笑ってしまった。

そんなことになったら、俺は間違いなく心労で死んでしまう。

俺はアメリアの手を握った。

アメリアが何かの魔法を使ったような気がした。

何の魔法かはわからない。

俺は気にせずに、アメリアにキスをした。

アメリアの肩は小さく震えていた。

口を離したあともしばらく見つめ合っていたら、アメリアが何かに気づいた。

俺も釣《つ》られてそっちを見ると、いつの間にか部屋のドアが開いていて、笑顔の猫をかかえた不機嫌な顔の少女がそこに立っていた。

俺はアメリアにもう一度キスをしてから、部屋をあとにした。

そして、自分の部屋にクロエと入る。

「妾《わらわ》とも婚約したのだぞ」

「そうだな」

俺はクロエにもキスをした。

一緒に寝るときに、今までは勇気が出なくて触れなかった胸も触った。

そしたら、こういう風に触ってほしいと注文が入るので、その通りに触っていたら喘《あえ》ぎはじめてしまう。

いくらアメリアのお許しが出たとは言っても、本格的なことになるのは気が引ける。

それで、俺は触るのをやめたのに、クロエの手がズボンの中に入ってきて——俺は下着を汚すことになった。

次の日になって、俺は川でその下着を洗った。

朝食の時間になったら、二人とも納得しているはずなのに、なぜか俺の両隣に座ったクロエとアメリアが火花を散らしはじめる。

二人が顔を合わせていてもおとなしくしていてくれるのは、迷宮の中だけだ。

クロエはしょせん相手を小娘だと思っているし、アメリアはしょせん精霊と思っている節がある。

俺は小さなため息をついた。

俺の想像した夢のような生活とはほど遠い。

23

三日ほどを、迷宮の十八階で過ごした。

アメリアもオーラの使い方にだいぶ慣れてきたので、さらに下を目指すことになった。

アメリアは、魔法の瞬間的な発動はまだできない。

俺もクロエも必死に教えてはいるものの、どうしても真面目《まじめ》すぎるのが徒《あだ》となっている気がする。

だから、まだここでの訓練を切り上げるには早いかもしれないが、俺はもう素手《すで》でも倒せるオームの相手には飽きていた。

十九階では、サラマンダーという炎の魔法を使うトカゲが出たが、魔法の効かない俺たちにとっては害虫駆除のようなもので、あまりに退屈だから素通りすることにする。

この迷宮最後の階層である地下二十階には、オームとサラマンダーすらいない。

何もいないのでひたすら探し回っていると、見上げるほども大きなゴーレムが出た。

これが噂《うわさ》に聞くゼニスゴーレムかと、物陰に隠れて様子をうかがう。

ゼニスゴーレムは、迷宮の主と言われている魔物で、まだ倒した者がいるという話すらない。

こいつの発している黒い霧は触れただけでもダメージがあり、避けることすらできないそうだ。

しかし動きは遅いので、逃げる分には問題がない。

「さて、あれを倒してみようか」

「倒すのは無理だと思うわ。やめといた方がよくないかしら」

攻撃力はそれほど高くなくて、しかも逃げやすい魔物だから挑戦した者は数多い。

それでも倒した者がいないというほどの魔物だ。

この階にたどり着いた全ての冒険者を阻《はば》んできたという逸話《いつわ》を持っている。

「あら、私は、今のカエデならいけるかもしれないと思うわ。アメリアは心配しすぎなのよ。カエデのことになるといつもそう」

「リリー、それは初耳だな」

「なに？　また私のことを二人でからかうの？」

「クロエはどう思う？」

「そうだのう。これはちょっとばかり無理があるやもしれん」

ここに来て、俺とリリーの賛成二、クロエとアメリアの反対二と、初めて意見が拮抗《きっこう》した。

だけど、せっかくここまで来て、ただで帰るというのもおもしろくない。

「試してみるのも反対なのか？」

「試すだけならよかろう」

それならばと、俺はアメリアの剣をクロエに持たせた。

精霊として魔法を補助してもらうよりも、この方が戦力になる。

まずは、俺とアメリアで先制攻撃の魔法を放つことにした。

アメリアのロアフレイムの発動に合わせて、俺も両手から二発のロアフレイムを同時に放つ。

三筋の龍がゼニスゴーレムに当たったところで、俺とクロエは岩陰から飛び出した。

俺たちは、ほぼ同時にゼニスゴーレムの首を狙って飛び上がる。

俺のクラウソナスと、クロエのアーリマンブレードが交差するように敵に当たった。

俺の方が少し早かったというくらいなのに、クロエの攻撃が当たる前に、もうゼニスゴーレムの傷が塞《ふさ》がっているのを俺は見た。

「ええ!?」

俺は振り返って、未《いま》だに変化のない敵の身体を仰《あお》ぎみる。

敵の巨体が振り返り、その太い腕を振り下ろしてきたが、その攻撃を歩いてかわした。

同時に黒い霧が発生してあたりを包みかけるものの、俺の身体に触れたところで霧は消えてなくなる。この霧は魔法なのだろう。

俺は、ゼニスゴーレムに向き直った。

中段ではどうしても相手の出方をうかがう形になるし、移動しながらでは構えにくい。

下段では攻撃に力が入らない。

八双《はっそう》に構えるのが、一番安定して戦えるだろう。

俺は肩の上に刀を担《かつ》ぎあげると、踏み込みつつ、ゴーレムの胴体《どうたい》に向かって振り下ろした。

今度もまたしっかりと斬り抜いた手応《てごた》えがあるのに、振り返ったときには傷一つ残っていなかった。

クロエがゴーレムの足にオーラを溜《た》めた蹴りを放つが、ゴーレムの足には亀裂《きれつ》が走っただけですぐに元通りだ。

「なあ、これってさ」

「うむ」

「こいつの核かなんかを壊さないと駄目なんじゃないのか」

「そのようなものはないようだ。倒すなら、圧倒的な破壊の力で倒すより他にない」

俺はもう一度ロアフレイムを放ってみる。

当たった部分が熱で溶けて光沢《こうたく》を失う――とほぼ同時に元通りになっていく。

どうにかなりそうにない。

これで駄目なら逃げるしかないと、俺は刀を構え直して上に飛んだ。

ボイドクロウにクラウソナスを乗せて、刀と一緒にその力を振り下ろす。

最近になって完成させた、拡散型の魔法剣である。

ゼニスゴーレムの真上から、全力でそいつを叩《たた》き込んだ。

三筋の光が、ゴーレムの巨体を通りすぎる。

そして光は、通りすぎるときに、いくつにも枝分かれしてゴーレムの全身を走り回った。

しかし、それきりまるで変化はない。

斬り落としたと思った腕さえ、一瞬宙に浮いた次の瞬間には元通りだ。

「これは……」

「逃げるしかないのう」

その言葉をきっかけにして、俺たちは脱兎《だっと》のごとく逃げ出した。

階段を踏み抜くような勢いで、十九階へと戻る。

敵の動きは遅いので、まったく追いかけてくるような気配はなかった。

「なんだよあれ。あんなのどうしようもないじゃないか」

「今持ってる魔法ではどうにもならん。しばらくはここらで諦《あきら》めるがよい」

「魔法さえあれば、あんなのが倒せるのか」

「それは倒せるだろう。そもそも、この迷宮は二十五階まであると聞いたことがある。あれに塞《ふさ》がれているだけに過ぎんのだ」

「それで、倒せる魔法もクロエは持ってるんだよな。教えてくれないのか？」

「どういうこと？」

俺の言葉に、アメリアが意味がわからないというような顔をする。

俺は何となくクロエなら知っているような気がしたのだ。

「ふ～む、思い出せるよう努力してみよう」

それで昼ご飯にすることになった。

最近では一日動いても疲れないし、敵も弱いし、まるでピクニックだ。

アメリアとクロエが色々と手の込んだものを作ってくれるので、昼ご飯もおいしい。

「アメリアのお茶は不味《まず》いから、妾《わらわ》の用意したものを飲むがいい」

「おっ、ありがと」

「ちょっと、そんなにくっついてたら、カエデが食べにくいじゃない。サンドイッチは私が作ったものの方がおいしいはずよ。はい」

「ん……」

「お主も距離が近いぞ」

「だからさあ、どうしてそんなに張り合うんだよ。別にいいじゃないかそんなの。それに、二人ともお金を掛けすぎなんだよ。昨日なんか、結晶石を買いたたかれて酷かったんだ。それなのに、また新しいお茶なんか買ってさ。俺は闇市で、街一番のカモって噂《うわさ》されてるんだぜ」

「そんなことより、口の周りに付いてしまっておる」

俺の口の周りに付いたパンの粉を、クロエが舐《な》めた。

ただ舐《な》めると言うよりはキスされた感じだ。

「私とはキスしてくれないの？」

「そんなに口づけがしたいのなら、妾《わらわ》が代わりにしてやろう。間接的には同じことだ」

そう言って、クロエがアメリアにキスしようとするが、アメリアの手がそれを防ぐ。

なんだか見てはいけないようなものを見ている気がした。

「カエデったら、目を輝かせてるわ」

リリーの一言で注目が俺に集まる。リリーは横になりながら、優雅に俺のことを見ていた。

「どうして二人ともやめるの。カエデは二人がキスするのを見たがってるわ」

「……変態だわ」

「呆《あき》れたものよ」

「な、なんだよ、リリーの勘違《かんちが》いだって。そんなわけないじゃん。いい加減、二人とも仲良くしなよ。子供じゃないんだからさ」

どうしても、リリーのこういうところは苦手だ。

俺は二人から目を逸《そ》らして、もくもくとサンドイッチを食べた。

どうも、男一人だと立場が弱い。

仲良くしていれば絵になるというのに、二人には仲良くする気がない。

昼ご飯を食べてからちょっと昼寝して、俺たちは探索に戻った。

もっとも、寝ていたのは俺だけだった。

午後は、ひたすら十九階を回って終わった。

家に帰って夕食を食べて風呂に入る。

そして、日課となっているアメリアの部屋への訪問の時間だ。

いつも通り、適当にアメリアの部屋のドアを開けたら、着替えの最中だった。

目の前のアメリアは下着姿である。

そのようなものはさっさと仕舞うがよい、とかなんとか言っているクロエだけをアメリアの部屋に入れて、俺は扉を閉めた。

また怒られるのかな、と重たい気持ちになる。

だけど、アメリアの肌《はだ》が頭に焼きついて離れない。

しばらくしたら、アメリアがいいわよと言った。

俺がおそるおそる扉を開けると、ベッドの上でクロエと一緒に座っていたアメリアは何も言わなかった。

「いつもの癇癪《かんしゃく》が聞こえてこんの」

「癇癪《かんしゃく》なんか起こしたことはありません。そ、それに、カエデにならら見られてもいいのよ。だって結婚するんだもの」

ずいぶん可愛《かわい》いことを言うようになったものだ。

まるで別人のようではないか。

「無理するなって、顔が真っ赤だよ」

俺の言葉に、アメリアが目を細めた。

「可愛《かわい》くないこと言うのね」

「可愛《かわい》くないって、俺の方が年上だよ」

「そう言えば、そういう設定だったわね」

「うわっ、超傷ついた」

「だけど、そういう子供っぽいところも、ちょっと間の抜けてるところも、私は好きなのよ」

「うわっ、そんな風に思ってたんだ。心が痛いよ」

「そういう大げさなところも嫌いじゃないわ」

「…………」

24

これはちょっと、俺が大人だというところを見せなければなるまい。

そう思って、俺はアメリアの肩を抱き寄せた。

目を閉じたアメリアは、いつものキスだと思ったに違いない。

俺は唇《くちびる》をつけてから、舌をアメリアの口の中に入れる。

そして、身体をこわばらせたアメリアの胸に手を添えた。

アメリアの身体がびくんと震えるのが伝わってくる。

手には、温かい柔《やわ》らかな感触が伝わってきた。

しばらくして、俺はアメリアから身体を離した。

「いやらしいわー。そういうのは結婚してからだと思うな」

そう言って、アメリアは笑った。

その笑顔が、俺を受け入れてくれたようでとても嬉しい。

「結婚しよう」

「本当に？」

「うん」

「大事なことを忘れてないか」

不機嫌そうなクロエが横から割って入ってきた。

「それじゃクロエも結婚しよう」

「今の言葉に、妾《わらわ》は深く傷ついたわ」

「なんでだよ。まだ人間だって証明できてないんだぜ。大サービスじゃないか」

「もう力は貸してやらん」

「でも結婚はしてくれよ」

「……」

クロエは黙り込んでしまった。

だけど、嫌とは言わないだろう。

この歳で結婚というのは少し早いような気もするが、リリーがサバを読んでいたのと、誕生日を迎えたこともあり、アメリアは現在十八歳だそうである。

こちらの世界では十五くらいで結婚するのが普通だから、全然早過ぎるということはないのだ。

「結婚って、教会とかに行かないといけないのかな」

「ただ普通に、結婚の契約をすればいいだけよ。本当にいいの？　一度したら、二度となかったことにはできないのよ」

「結婚してください。お願いします」

俺は二人に向かって頭を下げた。

この世界に来て、俺を取り巻く状況は変わったが、この俺自身が一番変わったように思う。

「はい」

「よかろう」

こうして俺は、二人と結婚することになった。

リリーの仕切りで誓いの言葉を交わして、正式に夫婦になった。

誓いの言葉には、永遠に相手の幸福を求めることというくだりがある。

それ以外は曖昧《あいまい》な言葉でぼかされていたが、そこだけは損なうことができないようだ。

ただ、相手の幸福を求めるなら、相手に自由も認める必要もあり、日々の生活にそれほどの縛《しば》りがあるわけではない。

要するに、これは新婚夫婦に対するおどしのようなもので、なかなかによくできていた。

俺としては、これを機に二人がもう少し仲良くなってくれればと思う。

「それじゃあ次は初夜だよね。これから高級な宿屋にでも行く？」

「現金なものだ」

「まさか、それが目的じゃないわよね」

二人が笑いながら言った。

俺はめっちゃ緊張しているのに、二人はよく和《なご》やかに笑っていられるものだ。

言い出した俺が言うのも何だが、本当に宿を取ることになってしまった。

白いなめらかな石造りの高級そうな宿の一室だ。

音が外に漏《も》れるような安っぽい作りではない。

当然、一室だからリリーまで部屋に付いてきている。

「私が第一夫人なんだから、クロエはあとよ。明日でいいんじゃないの」

「明日も泊まるほどお金がないよ」

「カエデは慣れてないのだから、最初でも痛いだけだと思うがの」

というわけで、今日はアメリアということになる。

ベッドの脇では、リリーとクロエが興味深そうに眺めていた。

俺は壁に掛けられたランタンのようなものから魔石を外して、照明を消した。

カーテンを閉めると、シルエットくらいしか見えないほど暗くなる。

俺は暗闇の中で、アメリアを抱きしめてキスをした。

そして服に手を掛けた。

「ね、ねえ、やっぱり服は脱がなきゃ駄目なのかしら」

「そりゃそうだよ。服を着たままじゃできないじゃないか」

「そ、そうかしら」

息もできないほど緊張しながら、俺はアメリアの上着のボタンに手をのばす。

上から一つ一つ外していった。

だけどそれだけじゃ上手く脱がせられない。

「ボタンが一つ残ってるわよ」

こいつ……猫だから暗くても見えるのか。

俺はリリーのアドバイスに従って、最後のボタンを外した。

「なあ、やっぱり二人きりにしてくれよ」

「どうしてそんなことを言うのだ。もう家族なのだぞ。何を恥ずかしがる必要がある」

「私だけ仲間はずれなんて嫌よ」

本気で追い出したいが、そうなると色々揉《も》めそうなのが厄介《やっかい》だ。

仕方ないので、いないものと思うことにした。

俺はバンザイさせて、アメリアの下着を取り払った。

これでもう上半身は何も着ていないことになる。

「ちょっと待って」

そう言って、アメリアはいつか見た魔法を使った。

俺は前々から気になっていたことを聞いた。

「その魔法は何なの？」

「ん、これは避妊《ひにん》の魔法よ」

「そうなんだ」

いつかお金が欲しいとか言っていたときに覚えたのだろう。

なんだかそれが、すごく生々しく感じられる。

あの頃からアメリアも、こうなることを考えていたのだ。

焦《あせ》る気持ちを抑えて、俺はアメリアのショートパンツと下着も一気に脱がした。

すぐに自分も着ている服を脱ぎはじめる。

「靴下がまだ残ってるわよ。そのくらいアメリアも自分で脱ぎなさい」

本当に勘弁《かんべん》してくれと思うが、リリーを黙らせることなどできない。

というか、何度も見られているとはいえ、リリーの前で下着を脱ぐのが恥ずかしい。

えーいかまうもんかと、半ばやけになって俺は下着を脱ぎ捨てた。

「すごいわ。そんなものが入るのね」

リリーが、俺の下半身について感想を述べる。

「入るって何？　何をする気なの？」

「いいからいいから」

俺はアメリアの身体を抱きしめた。

なめらかな肌《はだ》の柔《やわ》らかさがたまらない。

色々と手探りで堪能《たんのう》した。

そして、目的の場所を見つける。

あふれ出した温かいものが手に触れた。

「ねえ、どうしてそんなところを触るの。それはおしっこをするところよ。汚いわ。もう、恥ずかしいんだから、早く済ませて」

「いや、だって、ちゃんと濡《ぬ》らしておかないと痛いんじゃないかと思って」

「痛いって。何をする気なのよ」

アメリアは一体何を言い出すのだろう。

もしかして、これからすることをわかっていないのだろうか。

まさかな。

「子供を作るための生殖行為をするのよ。アメリアはどうしたら子供ができるか知っているの？」

リリーの甲高《かんだか》い声が部屋の中に響いて、雰囲気《ふんいき》もなにもあったものではない。

「そ、そんなの知ってるわよ。お、男の人と、女の人がベッドの上で、は、裸になって、き、キスをすれば、子供ができるのよ」

「……」

俺がリリーとクロエの方を見ると、二つのシルエットが首を横に振っていた。

そうだよな。

アメリアがあんまり自信ありげに言うもんだから、一瞬、この世界ではそういうものなのかと思ってしまった。

　いくらファンタジーでも、そんなはずはない。

「全然違うのよ。いい、このカエデの棒を、アメリアの股にある穴の中に入れるの。そしたら子供ができるわ」

「そんなはずないわ。私はお父さんからちゃんと教わったもの」

「そんなの誤魔化《ごまか》されただけじゃない。貴女《あなた》のお父さんとお母さんだって、アメリアが寝てから、毎晩のようにやってたのを私は見てたんだから。そんなことで子供ができるはずないわ」

「えっ？　えっ？　そうなの？」

「当然だの」

「本当に知らなかったの？」

　俺たちがさも当たり前という風に答えると、アメリアはおとなしくなった。

　そして、アメリアのシルエットが小刻みに震えはじめる。

「ううっ、もう！　お父さんの馬鹿！　絶っ対に許さない……！」

「死んだ人のことを、そんな風に言ったら駄目よ」

「それでどうするのだ。続けるのか」

「入れるって、ど、どんなのを……？」

　俺は仕方なくアメリアの手を取って、自分のものを触らせた。

どうして性教育みたいなことになっているのだろう。

「ひいっ」

「どうする？」

「ご、ごめんなさい。絶対に無理」

「そ、そんなあ」

「だってぇ、心の準備ができないわ」

そう言って泣き出すアメリアを慰めながら、その日の夜は更けていった。

25

「だから、それで動かすと棒の先から――」

高級な宿の一室では、リリーによる性教育が続いている。

そう言えば、初めてキスするときから、アメリアの様子はおかしかった。

まさか、それで子供ができると思っているとは、さすがに予想もできなかった。

「あんなに大きなの無理よ……」

「そんなことないわよ。貴女《あなた》のお母さんも入れられるのをとても喜んでいたわ。アメリアもそのうち自分から求めるようになるわよ」

「そ、そんな話聞きたくない！」

俺はクロエを抱きかかえて横になった。

さっきまで死にそうなほど心臓の鼓動《こどう》がうるさかったから、こうなってちょっと安心感もある。

リリーは自分の責任だと感じたのか、一生懸命に教えていた。

「これは、しばらくお預けになりそうだの。でも案ずる必要はない。妾《わらわ》がおる」

「そんなの駄目よ」

アメリアがこちらを振り向いて言った。

暗い部屋で、息がかかるくらいの距離にアメリアの存在を感じる。

「ならば、妾《わらわ》を先にしてくれるのなら、究極の魔法を教えてやろう。それでどうだ」

「……考えさせて」

「よそ見なんかしないで、ちゃんと話を聞きなさい。貴女《あなた》のために教えてあげてるのよ」

アメリアはリリーに怒られて、また顔をあっちに向けた。

高級な宿だけあって、ベッドが恐ろしく柔《やわ》らかい。

俺はクロエを抱えて、アメリアに背を向けるように寝返りを打った。

そして、布団をかぶってクロエに話しかける。

「やっぱり、そんな魔法を知っていたんだな」

「……そうだ。愛想《あいそ》が尽きたか」

「そんなことはないけどさ、そろそろ正体を教えてくれてもいいんじゃないか。もし正体を知られることで嫌われるとか考えてるなら、その心配はないぞ」

「それはまことか？」

ひそひそと話していたら、アメリアに布団をはがされた。

「二人きりで何の相談？　私たちはこれで帰ることにしたわよ」

「どうして？　せっかく高い宿なんだから、もったいないよ」

「アメリアがカエデの前でこんな話をするのが嫌だってうるさいのよ。仕方がないから私も帰るわ」

「それでは、妾《わらわ》が先にカエデに抱かれるということでいいのかの」

「……いいわ。宿のお金がもったいないものね」

アメリアは力なくそう言った。

そのままゲートを開いて、リリーと一緒に帰ってしまった。

俺とクロエだけが広い部屋に取り残される。

「さっきの続きだけど、どうなんだよ」

「お主がそこまで言うのなら、しょうがないの」

クロエは壁に光をともすと、ベッドの上に座った。

その顔は、初めて見るほど思い詰めたものだった。

「妾《わらわ》は数千年の昔より、この地に存在する大地の精霊なのだ。遥《はる》か昔より、多くの者が大地に感謝し、大地に祈りを捧げてきた。その想いが妾《わらわ》を生み出した。この身体は妾《わらわ》が作ったものだ」

「作ったって、人間の身体を作ったのか」

「数え切れないほどの命を生み出し、育《はぐく》んできた大地の精霊にとって、これくらいのことは造作もない。長いこと精霊として存在していたが、一度くらいは人間の女として生きてみたくなっての。それで人の身体をつくり、人として生きることにしたのだ。妾《わらわ》はずっと結婚というものに憧《あこが》れておった」

「どうしてその相手が俺なんだ」

「この世界におる人間は、全てはこの大地から生まれ出でた、いわば子供のようなものではないか。お主だけはそうではない。それに、近くにいれば惚《ほ》れるには十分過ぎるほどのいい男だからの」

「だけど、そこまでの存在だと、いなくなって困る人もいるんじゃないのか」

「妾《わらわ》の目の届く範囲などたかが知れておる」

「その身体が死んだら、お前はどうなるんだ」

「わからん。死んで無になるやもしれぬし、もしかしたら精霊に戻るのかもしれぬ。今まで全てを教えられなかったのは許してほしい。教えたら、もう人間としては見てもらえなくなるかと恐れたのだ。それに力を出し惜《お》しんだのは、用がなくなって、一緒にいる理由までなくなってしまうのが怖かった」

まさか、本当に偉大な精霊だったとは。

いやもう精霊とか妖精とか呼んでいいものでもない。

神様のような存在じゃないか。

それが、俺なんかと一緒になるために、永遠の命を捨ててやって来たのだと言っている。

この言葉が本当なら、俺が日銭を稼《かせ》ぐために連れ回していたのは、いくらなんでも罰当たりな行為だった。

「妾《わらわ》が契約のときに言った言葉を覚えておるか」

俺は最近になって、それを思い出していた。

あのとき、クロエは俺の幸せために力を尽くすから、そばに置いておくれと言ったのだ。

そう言えば、召喚のされ方もおかしかった。

あれは呼び出したんじゃなくて、あそこでクロエが生まれたのだ。

「最近になって思い出したんだ。変な契約を迫ったわけじゃなかったんだな」

「そんなことするはずなかろう。それで、そばに置いてくれるのか」

「精霊としてじゃなく、妻としてならな」

ここまでしてくれたクロエを、俺はずっと、死体に宿った精霊がその体の記憶によって混乱していると思っていた。

本当に申し訳なく思う。

クロエは笑顔を見せて言った。

「ならば、そろそろ始めよう。さあ、好きにするがよい」

クロエが着ていた寝間着を脱ぎ捨てた。

だけどここに来て、まだアメリアのことが気にかかる。

本当に、クロエとしてしまっていいのだろうか。

「小娘のことを気にしておるのか。女は男のように、抱いたのどうしたのと身体のことで嫉妬《しっと》したりはせん。何も気にする必要などない」

「本当かよ」

「本当だ」

こうして、俺はクロエと一夜を過ごすことになった。

クロエはたいそう痛がっていた。

それで俺は朝になって、聞いたのだ。

「お前、もしかして俺が初めてじゃ、アメリアが痛がると思って、練習台になろうとしたんじゃないか？」

「どうしてそう思う」

「そんな気がしただけだ」

「そういう面がなかったとは言わないが、好きな男のために痛い思いをするくらいどうということはない」

俺たちは昼近くになるまで、その部屋でだらだらと過ごした。

いつかはこのくらい過ごしやすい家に住みたいものだ。

窓から吹き込む気持ちのいい風を浴びながら、クロエを腕の中に抱えつつ、そんなことを考えた。


家に帰ると、アメリアとリリーはまだ寝ていた。

昨日は夜遅くまでリリーが頑張《がんば》ったのだろう。

目の周りにクマを作ったアメリアが、心なしかやつれた顔で寝ていた。

俺は、アメリアたちが起き出すのを待ってから、部屋の境となっている壁を取り外した。

これで、この家は台所と寝室が一つあるだけになった。

寝室は、俺とアメリアのベッドをつなげたものが、スペースを半分ほど占領している。

それでも、一部屋分くらいの空いた空間ができたので、椅子《いす》くらいは置けるようになった。

俺が壁を取り外している間、アメリアは陰でこそこそと、クロエにどのくらい痛かったのかなどを聞いていている。

俺はそれに気づかないふりをして、外した壁を薪《まき》にする作業に専念していた。

その作業が終わると、クロエは俺とアメリアに新しい魔法を教えてくれた。

ルシファフレアという、これまた悪魔から力を借りる魔法だった。

悪魔と言っても、人間に危害を加えたりしない、気のいい悪魔だから気にするなと、クロエは言った。

だけどアメリアは、その魔法を使えるようにはならなかった。

個体と契約する魔法だから、相性というものがあるらしい。

じゃあ、俺が使えるようになったのは、心が邪悪だからなのだろうか。

アメリアの持つ生真面目《まじめ》さが枷《かせ》となって悪魔と契約できないのだと思いたい。

「国を一つ滅ぼしかねない魔法だから、簡単な気持ちで使ってはならんぞ」

「マジかよ」

「カエデばっかりずるいわ。贔屓《ひいき》してるんでしょう」

「アメリアは子供ね」

と、遠巻きに見ていたリリーがアメリアの心をえぐる。

リリーは俺以外に対しても手加減を知らない。

「そうかしら、一番子供っぽいのはカエデだと思うな」

「俺は昨日、大人の階段を上ったのさ」

そんなふざけたことを言ってみた。

そしたらアメリアは目の端をつり上げて怒り出す。

「それなら、私はもうしばらく子供のままでいます」

そんなことを言い出したので、俺は必死で取り繕《つくろ》った。

しかし、アメリアは態度に余裕があってむかつくなどと言って、許してはくれなかった。

26

午後からは迷宮の二十階に向かった。

早速、新しい魔法をあの怪物に試してみるためだ。

ほどなくして、ゼニスゴーレムを見つけた。

俺はルシファと口の中で呟《つぶや》いて、魔法を発動させる。

直径が二メートルほどもある炎の玉が現れた。

ただの赤黒い球体で、ファイアーボールが大きくなったようにしかみえない。

かなりの重量があるので、浮かべておくだけでも相当な魔力消費だ。

俺はそれを、ゼニスゴーレムに向かって飛ばした。

避けようともせずに、ゼニスゴーレムは火球を正面から受け止める。

火球が敵の体に触れた途端、とてつもない熱が発生した。

三十メートル以上離れているのに、皮膚の焦《こ》げる感触がある。

岩陰から見ていると、ゼニスゴーレムの回復力と火球の持つ熱が綱引きを始めている。

溶けては戻りを繰り返しながら、次第にゴーレムの回復力は衰えていった。

そしてゴーレム特有の岩の身体は溶けきって、真っ赤な溶岩だけがその場に残される。

俺はアメリアに、フォーンフロストで周囲の熱を吸い取ってくれるように頼んだ。

そうでもしなければ、とても近寄れないほど熱かったのだ。

そもそも三十メートルも離れていたのに、俺以外では岩から顔を出すことすらできなかった。

周囲の空気には岩が溶けることで発生したガスらしきものが漂っている。

それを俺が風の魔法で動かして、やっと近づけるようになった。

ゼニスゴーレムのいたところには、心臓のように鼓動《こどう》する黒い塊《かたまり》が転がっていた。

それが周囲の岩を少しずつ取り込んでいるように見える。

「これが、魔物の落とした素材なのかな」

「そうではない。すでに回復が始まっておるのだ」

「せっかく倒したのに、何も落とさないのか。これはどうしたらいいんだ」

「水にでも入れておけばゴーレムの姿に戻ることはないかもしれないが、危ないから放っておくしかない。しかし、これは人間が作ったもののようだの」

「何のために？」

「昔の人が、ドラゴンを倒すためにでも作ったのだろう。それがこのような場所にあるということは、きっとこの下に行かせたくない何かがあったのだ。どこかに下の階への階段でも出てきてたりしないかのう」

言われて、俺たちは周りを探してみる。

それほど探すこともなく、下の階に続く階段を見つけた。

「どういうこと？　今まではなかったわよね？」

アメリアが訝《いぶか》しむ。

しかし、俺にもわけがわからない。

「下りてみればわかる」

そう言って、クロエは無造作に階段を下りはじめた。

俺たちもそれに続く。

その階段は、この迷宮にこれまであったものと変わらなかった。

これも、昔の人が魔法か何かで作ったのだろうか。

しばらく下りていくと、踊り場のような場所があって、そこの壁になにやら書かれていた。

「なんて書いてあるか読める？」

「わからないわ。この国の言葉じゃないみたい」

アメリアの代わりにクロエが一歩前に進み出た。

「これは昔の言葉だ。こう書いてある。これより先は大変危険につき、対魔兵器により道をふさぐ。対魔兵器を倒し者のみ、先に進む資格あり。ただし、対魔兵器を取り除くことなかれ」

「つまり、上のあいつは回復するまで放っておけってことか？」

「そのようだ。放っておけば、元通りになるのだな」

「強い割に攻撃力がないからおかしいと思ったんだ。門番にするために置いてあったのか。あれなら、倒せない奴も死んだりしないもんな」

「遥《はる》か昔には、このようなところへ来ることができる者もいたのだな。その者が警告するほど、この先の魔物は強いと見える。危険もあるようだぞ」

「まあ、今の俺たちならどうってことないって」

俺は軽い気持ちで下の階に下り立った。

そして俺のエリアセンスに最初に引っかかったのは、人形《ひとがた》の魔物だった。

最初は鎧《よろい》を着ているような形に、人でもいるのかと思っていたら、立って歩くザリガニのような魔物が現れた。

片方の腕にだけ、細長い二本の爪のようなものが付いていた。

シルエットだけ見れば、抜き身の剣を持った戦士に見える。

敵は出会い頭《がしら》に放ったアメリアのロアフレイムをかわして、こちらに向かってきた。

俺は飛び出して、そいつと斬り結ぶ。

大した力はない。

そう思って押し切ろうとしたら、込めた力がいなされた。

俺はたたらを踏んで前に転がりそうになる。

それを抑えて、振り向きながら横薙ぎに刀を払った。

俺が全力で振るったクラウソナスの一撃に、相手は胴から上が宙を舞った。

地面に転がって、これまでの魔物と同じように塵《ちり》になる。

たいして強いわけではない。

だけど、これまでの魔物とは違った手強《てごわ》さがある。

「どうやら、こやつは知恵が働くようだの。そうなると少し厄介《やっかい》だぞ。ここにいる魔物というのは、別のところに本体がある、いわば影のようなものだ。だからこやつらは、少しずつ学習をする。あまり手の内を見せすぎれば、裏をかいてこようとすることもあるだろう。あまり甘くみない方がよい」

なるほど。

やっと俺の千鳥足《ちどりあし》が役に立つときが来たということか。

知恵があるなら、それを利用して戦えばいい。

次に出た一体は、アメリアのキネスオーブの爆発によって足に深手を負わせた。

キネスオーブなら威力は小さくとも、避けることはできない。

すると、相手は鋭い氷のかけらをいくつもこちらに飛ばしてきた。

しかし、その攻撃は俺の体に触れたところで消えてなくなる。魔法攻撃だったようだ。

後ろから悲鳴が上がったので振り返ると、アメリアの盾に穴が開いていた。

バンシーアークのおかげでアメリアに怪我《けが》はないが、これがもし魔力で作り出された氷でなかったら怪我《けが》くらいしていただろう。

俺は飛び込んで距離を詰め、刀で抜きざまに敵の身体を両断する。

灰の中に、かなり大きな魔石と透明な結晶のようなものが残った。

「やっぱりこの階は危険なのかな。そのうち石でも飛ばしてきたらやばいよ。ミスリルの盾に穴が空くって相当だぜ」

「こちらの魔法の性質を見抜くほどの知能はないから安心するがよい。それに、後ろが心配なら妾《わらわ》にまかせておけ。アメリア、その剣は妾《わらわ》が持ってもよいか」

「いいわ」

アメリアに渡された剣のベルトを、クロエは腰に巻き付けた。

柔《やわ》らかい生地《きじ》のワンピースに、太いベルトがたいそう不釣《つ》り合いだった。

だけど、クロエが後ろを見ていてくれるというなら心強い。

俺は次の敵を探して歩きはじめた。

三体くらいまでならどうにかなるが、それ以上となったらクロエの助けが必要だった。

出会い頭《がしら》の魔法はかなりの確率でよけられてしまう。

それでも大した脅威《きょうい》ではない。

倒されることがほとんどないからか、こいつらは落とすものがとにかく大きい。

金に困っていた俺たちには、とにかくありがたい敵だった。

訓練の相手としても申し分ない。

だけど、迷宮の二十一階で訓練をする必要が、果たしてあるのだろうかというところが問題だ。

春になって、ここで出た魔石を売れば、相当な額になるだろう。

俺たちは夜遅くまで粘《ねば》ってから家に帰った。


家に帰って風呂を沸《わ》かして、アメリアも一緒に入らないかと誘ったら、ものすごく怖い顔をされてしまったので、クロエと入る。

クロエも最近になって、また大人びてきた。身体がまぶしいくらいだ。

「ほれ、前を洗うぞ」

「またそれなのか」

「あの癇癪《かんしゃく》娘の前でするわけにはいかんし、しばらくはこれで我慢するがよい。それが嫌なら、さっさと小娘をその気にさせることだの」

風呂から出たら夕食を食べて、部屋でごろごろする。

だけど今日からはアメリアとも一緒の部屋なので、ベッドの上にはアメリアもいた。

なんだかそれが、ものすごく新鮮な光景に思える。

「またアメリアのお尻を眺めてるのね。今度は勘違《かんちが》いじゃないわよね」

そう言えばこいつもいたかと、暗い気持ちになった。

こいつの存在を忘れるのだから、俺は迂闊《うかつ》にもほどがあるな。

「そうだな」

そう答えたら、アメリアが頬《ほお》を引きつらせた。

確かに、さっきまで俺はアメリアのお尻を眺めていたので言い訳のしようもない。

だけど結婚しているので、アメリアも怒っていいのか悩んでいるようだった。

「それで、アメリアの気持ちの準備はできた？」

「それがね、どうしても怖いのよ。ごめんなさい」

ごめんなさいと言われても困ってしまう。

残念だが、しばらくお預けということだろう。

俺は焦《あせ》らせても悪いと思って、それ以上この件については何も言わなかった。

しばらく話しているといい時間になったので、俺はそろそろ寝ようと提案した。

天井に張りつけていた光源の魔法を弱めて、布団の中に潜り込む。

ストーブの熱が入ってくるように、部屋の扉は開け放した。

夜間に薪《まき》をくべるのは、夜に強いリリーが担当することになっている。

「ねえ、部屋を一緒にするのはまだ早かったんじゃないかしら。私、カエデの隣じゃ緊張して眠れないわ」

「何を言うておる。夫婦が一緒の部屋に寝るのは当たり前のことなのだ。慣れればどうということはない」

クロエがそんなことを偉そうに言うと、アメリアがおずおずと俺の隣に入ってきた。

そして布団の中で、クロエの真似《まね》なのか、アメリアも俺にしがみついてくる。

その状態で寝て初めてわかったことだが、両隣から挟まれて寝ていると寝返りが打てなくて、つらいなんてものじゃない。

さらには、枕元で寝ているリリーのいびきが結構うるさい。

これは慣れるまで時間がかかりそうだと、ため息が漏《も》れた。

27

朝、目を覚ますと、桃色の景色が目の前に広がっていた。

アメリアが朝日を浴びながら着替えをしているところだったのだ。

残念ながら下着は脱がないようだが、光に透《す》けてその輪郭《りんかく》は見える。

クロエの方が少しだけ胸が大きいだろうか。

アメリアはまだ、短パンのような下着を身につけていた。

クロエはビキニタイプのやつを使うようになっている。

そのすばらしい眺めに心を奪われていると、目の前で丸くなっていたリリーと目が合った。

生まれてこの方、俺はこれ以上の感情を顔に表したことがあっただろうか。

頼むから静かにしていてくださいと、懇願《こんがん》を表情で伝える。

そしたら、リリーはまた静かに目を閉じた。

アメリアは肌《はだ》が薄いのか、肌《はだ》の下の血管までよく見えた。

着替えが終わりそうだったので、俺は目を閉じて寝たふりをした。

着替えの終わったアメリアに起こされた体《てい》で、俺はリリーをひと撫《な》でしてから立ち上がった。

顔を洗ったり歯を磨《みが》いたり、適当に過ごしてから朝ご飯を食べる。

そして鎧《よろい》を着込んで、迷宮へとゲートを開いた。

夕方には帰ってきて、夕食までは自由に過ごし、そのあとは部屋でだらだらしてから眠る。

そんな生活を三週間ほど送った。

そしてついに、二十五階へと挑戦することとなった。

すでに敵は、俺とクロエが二人で相手をしなければならないほど強くなっている。

二十五階についてすぐ、今までに見たことのない敵の反応があった。

二十一階からは珍しくない人形《ひとがた》の魔物である。

俺がその特徴を伝えると、クロエがレッサーデーモンだと言った。

文字通り、悪魔が迷宮の魔力で実体化したものだ。

悪魔の何分の一かくらいの力は持っているので、手強《てごわ》い相手だそうだ。

現れてすぐ、俺とクロエは土を巻き上げながら走り出した。

足を踏み込むたびに、足の下で岩が砕《くだ》け散る。

クロエが先に、敵に向かって斬りかかろうとした。

しかし、クロエが攻撃に移る前に、その剣をレッサーデーモンの尻尾《しっぽ》が弾く。

それでクロエは斬りかかる力を逸《そ》らされ、レッサーデーモンの後ろで砂煙を巻き起した。

次に、俺が全力のクラウソナスを乗せて、腰の刀を抜き放った。

レッサーデーモンは、近くにいるだけで耳鳴りがするほどの魔力を手に宿して、俺の刀をつかみにきた。

だが受け止めきれずに、その腕が肘《ひじ》まで蒸発《じょうはつ》する。

俺は後ろに飛んで距離をとった。

すさまじい魔力の量を前に、これは殴《なぐ》られでもしたら即死なんじゃないかと冷や汗が頰《ほお》を伝う。

アメリアのキネスオーブが襲いかかるが、それは尻尾《しっぽ》によって受け止められてしまった。

しかし、その隙《すき》を逃さずにクロエが後ろから斬りかかった。

アーリマンブレードが発動した剣を、敵は残った左腕で受け止めている。

そこに、クラウソナスに乗せた俺のボイドクロウが放たれ——敵の胴体《どうたい》を三つに斬り裂き、尻尾《しっぽ》を切断した。

最近では距離が開いても、この攻撃方法がある。

尻尾《しっぽ》を失ったことによってバランスを欠いた敵は、俺とクロエに斬り刻まれながら、その実体を失っていった。

灰になったレッサーデーモンが残したのは、銀塊《ぎんかい》とクリスタルのようなものだった。

俺はそれを拾い上げると、二人に言った。

「もう気は済んだから、さっさと帰ろう。こんなところにいたら、命がいくつあっても足りないよ」

「それがいい」

クロエも、俺の意見に賛成した。

敵は、クラウソナスとアーリマンブレードを一回ずつ受け止めるほどの魔力を持った相手だ。

とてもじゃないが、何回も戦っていたら、いつかは命を落とす。

それに、一度の戦いで三分の一くらいのマナを使ってしまった。

これでは戦い続けることなどできない。

また、この階の魔物には学習能力があるので、俺たちの戦い方を見せ続けるのは危険が大きすぎる。

すでに二十二階からはまともな階段がなくなっており、ここまで来た人がいるのかもわからない。

俺はすぐに二十三階へとワープゲートを開いた。

狩りを継続的にするなら、ここらが限度だ。

二十五階は、どうしても一度戦ってみたいと、俺が無理を言って連れてきただけだった。

「おっかないな。悪魔ってのはあれ以上に強いのか」

「今地上にいる限りでは、あのくらいの強さが限度だろう。だから心配することはない」

「ドラゴンは？」

「ドラゴンなど二十階にいた門番と同じくらいの強さよ」

「そんなもんなのか」

「そうは言っても、ドラゴンは攻撃と守備のバランスがいい。並の冒険者なら五十人は集めないと確実には倒せんぞ。そんなものが地上にはわんさかいるのだ」

俺たちは二十三階で適当に敵を倒して、昼過ぎにはマナを使い果たして家に帰った。

全力が出せる分だけ魔力の消費が大きく、そんなに長くはいられない。

その代わり自由な時間も増えるので悪いことでもなかった。

「そろそろ雪も溶けそうね」

夕食の準備をしながらアメリアが言った。

クロエは洗濯に出ている。

俺は夕食の準備をしているアメリアに後ろから抱きついた。

一週間ほど前に、ようやくアメリアも決心を固めてくれて、ことを済ませたのだ。

だから最近ではこんなこともできる。

「きゃあ。もう、そんなことしたら駄目じゃない。昼間からなんて見境いがなさ過ぎるわ」

「えー、そうかなあ」

「そうよ。どうしてそんなことばかりするの」

「――私、カエデにならなにをされても平気なの。愛してる」

一週間くらい前の夜のことを真似《まね》した猫に、アメリアが本気で血相を変えた。

「……リィリィー？」

余裕ぶっこいて日向ぼっこをしていた猫は、アメリアを見て飛び上がる。

つかみかかろうとする彼女をかわして、リリーは家の外に逃げていった。

「そんなに怒らなくてもいいだろ。それに何をされても平気だって言ってたのは本当だよ」

「限度があります」

昼間に抱きついたくらいで超えてしまうとは、ずいぶん低い限度だ。

「どうして駄目なのさ」

「だって、し、下着が汚れちゃうでしょ……」

天使のような見た目からは想像もできないことをアメリアは言った。

その言葉に、俺の方が照れてしまう。

俺は、明るいところではまだ見たことのないアメリアの裸が見たくてしょうがなくなった。

ベッドの上まで連れていって、彼女の上着のボタンに手を掛ける。

アメリアは今、背中をボタンで留める簡単な上着しか着ていなかった。

「えっ、ちょっと、えっ、えっ？」

俺は簡単に背中のボタンを外し終えると、そのまま上着を脱がせてしまう。

そして現れた下着に手を掛ける。

「ねえ、おねがい。ちょっと待って」

とてもじゃないけど我慢できる状態じゃなかった俺は、そのまま下着をずらしてしまった。

そしたら、すごく綺麗《きれい》な二つの膨らみが現れた。

やばい、これは本当に鼻血が出るかも知れない。

「何をしておる。今日は妾《わらわ》の番ではないか。そのようなものはさっさと仕舞うがよい」

外で洗濯物を乾《かわ》かしていたクロエが、いつの間にか戻ってきている。

「きゃあ！」

「それにしても貧相なものよ。妾《わらわ》の方が大きいではないか」

「そ、そんなことないわ。大した違いはないわよ」

二人をそのままにしておくとまたケンカを始めそうだったので、俺はアメリアに服を着せて台所に戻した。

そして、クロエが持ってきた洗濯物を一緒に畳《たた》みはじめる。

魔法で短時間のうちに乾《かわ》かした服は傷《いた》みが激しかった。

特にクロエはかなり高温で乾《かわ》かしたらしく、まだ洗濯物が熱い。

自分の服は、畳《たた》んでからボールを呼び出して、そこに仕舞う。

最近では、クロエも自分の異空間を持つようになっている。

それを覗《のぞ》き込んだら、いつの間にそんなに増えたんだというほど、大量の服が詰まっていた。

そう言えば、最近はワンピースの色が毎日変わっている。

「しばらく、服を買う必要はなさそうだな」

「もうちょっと欲しいところだ」

とんでもないことを言う。

これでクロエに服を買ったら、アメリアも張り合って欲しいと言い出すのだ。

だから俺は、そんな話に水を向けるようなことはしない。

「そろそろギルドにも金が戻るだろうから、出たものを売ったらお金もできるはずだよ。そのお金で家とか装備を買う予定なんだ」

「そうか。それもいいだろう」

「クロエはどんな家に住みたいんだ」

「いつかの宿のように、白い石で作られたものがいい。煉瓦《れんが》は土臭いし、木は安普請《やすぶしん》で落ち着かん。その点、あの石造りの宿はとてもよかった」

「家を作る材質としては最高級の部類だとおもうぞ。そんなもの買えるようになるのかな」

「冒険者というのは儲《もう》かる稼業《かぎょう》なのだろう？　それで無理なら、その腕を生かして、城で勤め口を探せばよい」

「そういや、お前は知らないんだな。ちょっと貴族と揉《も》めててさ、城関係は都合が悪いんだよ」

「貴族の一人や二人を相手に何を恐れておる。国の一つや二つを相手にするくらいの気概を持たんか。そのようなもの、物の数でもないだろうに」

まあ確かに、最近では俺もそう思っている。

ここまで来れば、兵士になるのもそれほど難しくないだろう。

武官なら、稼《かせ》ぎが桁《けた》違いによくなるに違いない。

しかし、今の廃退的な生活でも、俺は十分に満足していた。

28

雪が溶けた頃、俺たちは久しぶりにギルドへ向かった。

買い取り価格が戻ったことで、ギルドは混み合っている。

俺は順番を待って、計量テーブルの上に出したものを並べようとした。

「すみません。この量ですと、ここでは買い取りができません。支部ではなく本部の方に持っていってもらえないでしょうか」

そんなことを言われてしまい、俺は出したものを異空間へと戻した。

仕方なく、この国に来て以来、二度目になるギルド本部に向かう。

三階建ての大きな建物の中に入り、一階の受付の前でもう一度戦利品を並べる。

俺が丁寧に並べていると、受付の人の表情が変わった。

二十階より下で出た、握り拳《こぶし》くらいの魔石が山のようにある。

魔石の山とは別に、素材も隣に並べていった
そして最後に、二十五階で出た銀塊《ぎんかい》を、テーブルの上に丁寧に置いた。

「えーと、これは冬の間に出したものですか」

「ええ、そうです」

「すみませんが、ちょっと買い取り価格のわかりかねるものがありますので」

まさか買い取ってもらえないのかと、俺はここ一ヶ月ばかりの努力を振り返って青くなる。

「ですから、わかりそうな者を呼んで参ります」

そう言って、受付の人は奥に消えていった。

ひとまず買い取ってもらえないということはなさそうなので安心する。

しばらくして、身なりのいい年配の男を連れて、受付の人が戻ってきた。

「これらは、二人でお出しになったものですか？」

「ええ、そうです」

冒険者カードを持っているのは、俺とアメリアだけだ。

だから、クロエについて聞かれたら精霊ということにする。

年配の男は、どうも困ったような顔をしているだけで要領を得ない。

さっきから建物内の人々がこちらに注目しているので、なんとなく居心地が悪い。

早く終わらないかなと思っていたら、年配の男が言った。

「ちょっと実力の方を試させてもらってもいいですかね。疑うわけではないのですが、あまりにも珍しいことなので」

出たものを買い取ってもらうだけなのに、どうして実力を試す必要があるのだろう。

しかし俺が返事をする前に、目の前の男は話を進めてしまう。

「バリー！　バリー！」

年配の男に名前を呼ばれて出てきたのは、壮年の男だ。

背中に大きな両手剣を背負っている。

「ちょっと、この方の力試しをしてくれないか」

「あいよ」

男はいきなり剣を抜くと、俺に向かって振り下ろしてきた。

年配の男が、何もこんなところでなどと呟《つぶや》いていたがお構いなしだ。

とっさの出来事で、俺はその剣を受けるとか考えられずに、腰の刀を抜き放っていた。

つい、いつもの癖《くせ》で発動してしまったクラウソナスは、振り下ろされた剣を根元から斬り飛ばし、
つい、いつもの癖《くせ》で発動してしまっていたボイドクロウは、天井を吹き飛ばした。

一階と二階をつなぐ大きな穴が、ギルド本部一階の天井に空いた。

俺は、折れたオリハルコン製の剣と天井を交互に見やる。

周りを見渡すと、みんなも呆気《あっけ》にとられて、天井の穴を見上げていた。

「おい、こりゃどうなってんだ」

バリーと呼ばれた男は、柄《つか》だけになった剣を握りながらそう呟《つぶや》いた。

俺も呆《ほう》けている場合ではない。

ここは、自分の利を主張しなくてはいけない場面だ。

俺は天井を見上げている年配の男に向き直った。

「いきなり何をするんですか。俺は絶対に弁償とかしませんよ」

「え、ええ。それはいいんですが……。わかりました。それでは冒険者タグをお預かりします。買い取りとランクは後でお伝えしますので、もうしばらくお待ちください」

俺はさらに注目を集めて、二階にいる人までが天井に空いた穴からこちらを見ていた。

アメリアがやたらとおどおどしているので、せめて俺だけでもと背筋を伸ばす。

しばらくして、受付の人が戻ってきた。

テーブルの上に置かれた一万シール金貨に、思わず顔がにやけた。

冒険者タグは、星が十個になっている。

それらを受け取って、俺たちは足早にギルドから出た。

「いくらになったの？」

「二十四万くらいだね。これなら家くらい買えるかもよ」

「すごいじゃない。何か食べましょうよ」

リリーの提案で、俺たちは街の中心部に一番近い食堂に入った。

俺は、久々に焼いたコロコロ鳥と一番高いスープを注文する。

周りには数人の客がいるが、いかにも貴族といった風体で少し肩身が狭い。

リリーはつまみ出されたりしないように、アメリアの膝の上で隠れている。

そこで食事を済ませてから、俺たちは装備を売っている店に入った。

中心部に近い、街で最も高級な店である。

そこで、高級なローブとオリハルコン製の装備を買った。

ついでにマントや靴なども全て新調してしまった。

クロエ用の剣とベルトも買った。

しかし、クロエは小さな革靴と細身の剣以外、装備はいらないと言って聞かない。

俺もそれほど必要だとも思わないので、なるべく体を覆う範囲の少ないものを選んだ。

いらなくなったものは売って、十三万五千シールほどの出費だった。

全てオリハルコンで揃えたので、これでも安く済んだ方だ。

そのあとに、不動産屋にも行ってみる。

クロエが住みたいと言っていた白い石造りの家は、小さいもので十二万シール、大きなものは三十万シール以上もした。

小さい家では今と住み心地が変わりそうにないので、今回は見送ったほうがいいだろうか。

あとは、細かい買い物をアメリアたちの好きにしてもらいながら通りを歩いた。

俺は特に欲しい物もないので、アメリアたちに選んでもらった普段着を買った。

「なんだか懐《ふところ》の中が温かいと、心まで温かくなるよね」

「そのような、さもしいことを言うでない。それにしても、しばらくは遊んで暮らせそうで何よりだ。妾《わらわ》はもう少し広いベッドが欲しい」

「確かにね。煉瓦《れんが》造りの広い家でも買おうか。いくらなんでも手狭だよね。思うんだけど、家とかって魔法で簡単に作れちゃったりしないのかな」

「そんなの無理に決まってるわ。だけど私は今の家が好きよ。このくらいの広さがあれば十分じゃないの」

そんなことを話しつつ通りを歩いていると、さっきギルドにいたバリーが息を切らして走ってきた。

バリーが言うには、ギルド長から話があるから、至急、本部に戻ってくれということらしい。

仕方なく、俺たちはギルド本部へと来た道を引き返す。

そして、本部の三階にある上等な部屋に通された。

高級そうなソファーの置かれた、いかにもギルド長の部屋といった風情である。

そして、そこに置かれた机の前には、さっきの年配の男が座っていた。

俺はてっきりギルド長などというから、皆を率いて戦うような厳《いか》つい人を想像していたが、どうやらただの事務職らしい。

まさかこの人が冒険者を束ねるギルド長だったとは、普通、夢にも思わない。

ギルド長は戻ってきてくれた労をねぎらいながら、俺たちにソファーを勧めた。

「まずは挨拶《あいさつ》させていただきます。私はこのギルドを束ねているデズモンドと言います。あなた方のような優秀な冒険者を、我がギルドから輩出できたことを誇りに思います」

果たして、今までにギルドが俺たちにしてくれたことなどあっただろうか。

ただただ、出た物を買い取っていただけではないか。

それで我がギルドから、などと言われても違和感を覚える。

「最初に確認しておきたいのですが、今日お売りになった品々はどこで出たものなのでしょうか」

「う～ん、どこと言われましても」

二十階より下で出たなんて言っても大丈夫なのだろうか。

そんなことを考えていたら、デズモンドが口を挟む。

「もしかして、ゼニスを倒したのではありませんか」

「え、ええ、そうなんですよ」

「なんと！　やはりそうでしたか。近頃はあれほど大きさの魔石は見たことはありません。そうではないのかと思ったんですよ。では、他の見たことのない素材も、そこで？」

「ええ、そうです」

さすがギルド長だけあって、迷宮の最下層は二十階ではないことを知っているらしい。

何か言い伝えのようなものでも残っていたのだろうか。

デズモンドはしばらく思案したあとに、わかりましたと厳《おごそ》かに頷《うなず》いた。

「つきましては、お二方にお城勤めをする希望などはございませんでしょうか」

やはりそういう話題だったかと、俺は居住まいを正した。

ランクが上がってしまうと、避けては通れない話題だとは思っていた。

悪くはない話なのだが、ブランドンを刺激してしまうのが問題だった。

「アメリアはどうしたい？」

「カエデにまかせるわ。一緒にいられるなら何でもいいわよ。カエデはどうしたいの」

「そうだな、うーん……」

「兵士になれば貴族になる道も開かれます。お二人にとって決して悪くない話だと思われますが」

「一つお伺《うかが》いしたいのですが、兵士というのは枢密院《すうみついん》派ですよね」

「ええ、そうなっております。ですが、最近になって参謀枠というのができまして、それを貴族院派の文官がつとめるようになっていたりして、複雑な様相になっております。その文官も今や枢密《すうみつ》院《いん》派と言って問題ないでしょう。ですから貴方《あなた》が兵士になれば、枢密院《すうみついん》派の恩恵が受けられるものと思われます」

クロエにも言われたが、いまさらブランドンぐらいが脅威《きょうい》になるとは思えない。

そしてブランドンと事を構えるなら、枢密院《すうみついん》派に属しておいて損はない。

それに、いつまでも警戒し続ける必要があるのも息苦しい。

俺はそれだけ考えて、この話を受けることにした。

いい加減、ブランドンとのことも、はっきりさせよう。

俺はよろしくお願いします、とだけ言った。

「それでしたら、明日もう一度この部屋に来てください。そのときには、登城の日時などもお伝えできるでしょう」

一体これからどうなるのかはわからないが、流れに身を任せようと考えた。

29

俺は翌日になって、一人でギルドに向かった。

今日は城に行く日時を聞くだけなので、一人で済む。

ギルドの本部に足を踏み入れると、周りの人々がざわつきはじめた。

それを無視して、俺は三階にあるデズモンドの事務室へと向かう。

デズモンドは書類の整理中だったらしく、机の上には羊皮紙の束が積まれていた。

「これはこれは、ようこそおいでくださいました。貴方《あなた》方の活躍をお伝えしたところ、随分と大騒ぎになってしまいましたよ。なにせ、あのゼニスを倒したとなれば、それはもう一大事です。それで、城の軍部から直々《じきじき》に実力を測りたいとの話が来ています。本日の午後にでも、城に行って実力

「私は、そっちの方は門外漢なのでわかりませんが、魔法でも見せれば納得するんじゃありませんか。正午にまたここに来ていただけるのであれば、それで済むように段取りをしておきますが」

「それは構いませんが、一体どんなことをするんですか」

を披露《ひろう》してはもらえませんかね」


お願いしますと伝えて、俺はその場を辞した。

これだけ騒ぎになっているというのに、ブランドンからの接触はない。

俺のエリアセンスにも、怪しげな人物の存在はなかった。

俺はギルドから出ると、ゲートを開いて家に帰った。

家に帰ると、アメリアとクロエがベッドの上でなにやら話をしている。

それを見て俺の病気がまた頭をもたげ、顔が熱くなるのを感じた。

俺は午後になったら城に行くという話を二人に聞かせた。

「どうしよう。着ていく服があるかしら」

「なんか、実力を試したいらしいから、いつもの服でいいんじゃないかな」

よっぽどのことがない限り、俺もアメリアも実力で弾かれるということはないだろう。

それよりも、どこまで力を見せていいのかの方が問題である。

念のため、アメリアには悪魔系統の魔法を使わないようにと言っておいた。

しかしそうなると、クラウソナスとキネスオーブ、精霊魔法、あとは初級魔法しかない。

それで、どうやってゼニスゴーレムを倒したという話になったらどうしようか。

「秘密だと言えばよいではないか。オーラだけでも十分に実力は測れる」

クロエの考えは少し楽天的すぎるような気もするが、まあそう言うしかないだろう。

アメリアは準備に忙しいようなので、クロエとイチャイチャしていたら時間になった。

俺はギルド本部の三階へとワープゲートを開く。

デズモンドの部屋からは、話し声が聞こえる。

気にせずに扉をノックすると、中からデズモンドの返事があった。

扉を開けると、デズモンドの他に、鎧《よろい》を着た女とローブ姿の若い男がいた。

「時間通りですね。紹介します。こちらが大隊長のアルダ、そしてこちらが一番隊の隊長ルーファウス殿です」

デズモンドに紹介されて、アルダの方はぶっきらぼうによろしくと言った。

ルーファウスは、俺の前までやってきて手を差し出し、握手をしながらよろしくと言った。

好青年を絵に描いたようなハンサムな顔立ちの青年だった。

「君たちが二十階の化け物を倒したとかいう冒険者か。どうも、そうは見えないな。本当に君たちだけで倒したのか」

「ええ、確かに倒しました」

「後ろにいるのは？」

「俺の精霊のクロエです」

「なるほど。よろしい。では、今から城に行って実力を試させてもらう。君たちにとっては試験だと思ってもらいたい」

「ほう。妾《わらわ》の主人に対して試験を口にするか。そのような資格がお主たちにあるのかのう」

クロエが前に歩み出て、そんなことを言い出す。

初対面の相手に、まったく気後れした様子がない。

「ふん、なかなか気骨のあることを言う精霊だ。しかし、兵士になればお前の主人は私の部下になるのだぞ」

「いやあ、僕は気に入りましたよ。もし兵士になるときは僕の隊にください」

「考えておこう。それでは――」

「まあまあ、堅苦しい話は後でいいんじゃないですか」

ルーファウスはさっさとワープゲートを開いて、まだ何か言いたげなアルダの背中を押してゲートをくぐらせる。

そして、俺たちにもくぐるように促した。

俺はさっきのクロエの無礼を流そうとしてくれた青年に、助かりましたと告げた。

「嫌だなあ。ゼニスを倒したほどの実力者なら、すぐに隊長くらいなれるだろうから、ため口でいいよ。よろしくね」

どうも、さっきからルーファウスという青年は、やたらと俺に好意的な態度をとってくる。

少し気味が悪いが、俺は見た目通りの好青年なのだと思っておくことにした。

ゲートをくぐると、ちょっと広めの運動場のような場所に出た。

すぐ近くに、見上げるほども大きな白亜の城がそびえ立っている。

遠くからではわからなかったが、近くで見るとかなり迫力のある建物だ。

ここは、おおかた城内にある訓練場のようなものだろう。

隅の方に、雰囲気《ふんいき》のある一団がいた。

女大隊長のアルダがそっちの方に歩いてくので、俺たちもそれについていった。

ローブや鎧《よろい》を着た男女数人に、アルダは片手をあげて挨拶《あいさつ》する。

その中に、昨日ギルド本部で見たバリーが交じっていた。

昨日の折れた剣は元通りになって背中に背負われている。

「それでは今から、ここにいる隊長たちと戦ってもらう。別に勝つ必要はない。ただ力を試させてもらうだけだ。まずは私から戦わせてもらう。男の方、たしかカエデとか言ったな。お前からだ。こっちに来てくれ」

俺は広場の真ん中まで連れ出された。

ちょっとだけ緊張する。

「負けるでないぞ」

クロエが俺を激励する。

だけど戦うと言っても、どこまでやっていいものなのだろうか。

昨日は同じようなことを言われて、バリーの剣を折ってしまったのだ。

また弁償を心配しなきゃいけないような状況になるのは困る。

「今から私の魔法を見せてやろう。これは密度の高い電撃を操る魔法だ。触れれば身体は穴だらけになる。もし降参するときは、まいったと言え。いいな」

密度の高い電撃というものがいかなるものなのか、俺には想像もつかない。

アルダは自分の前に大きな光の玉を作り出した。

アメリアのキネスオーブにも似ているが、かなり大きな光の玉だ。

それにしても、バチバチと鳴っていてうるさい魔法だった。

「最初に言っておいた方がいいと思うんですけど、俺たちに魔法は――」

「行くぞっ！」

俺の話を聞かずにアルダは光の玉とともに飛びかかってくる。

どうしたものかと思っている俺の目の前で、その光の玉は急停止した。

「話にならんな。この魔法は触れた時点で負けたと同じだ。ひとたび触れれば、人間の体は動かなくなる。技の本質を見て状況判断ができるかどうかのテストだったのだが不合格だ」

俺の言葉も聞かないで、アルダは勝手に話を進めている。

反論したいのだが、目の前の光の玉がうるさすぎてどうにもならない。

なので、俺はその光の玉に触れて、魔法を消滅させた。

「なにぃぃぃぃ！」

「何じゃなくて、ちゃんと話を聞いてください。俺たちに魔法は――」

「そんな馬鹿な！　私の魔法が打ち消されただと!?」

アルダは俺の話など聞く気もないようだ。

自分のペースで驚きを表している。

よっぽど自信のある魔法だったんだなと、少し気の毒になった。

「畜生。次っ！　バリー、出てこい！」

アルダに呼ばれてバリーが俺の前に出てきた。

応急処置なのか、昨日よりもちょっと剣が短くなっている。

根元の部分が不格好に太い。

「お前らがゼニスを倒したってのは本当なのか？　どうも、そういう風には見えないぜ」

これは一体どういうことなのだろう。

昨日ギルドで会ったのは、双子の兄弟か何かだろうか。

しかし、彼の持っている剣にはしっかりと見覚えがある。

「あの、昨日ギルドで会いませんでしたっけ？」

「そうか？　そう言えばそんな気もするな」

「昨日ギルドですごい奴がいて、剣を折られたって言ってたじゃないですか。それとは違うんですか」

「ああ、そうだそうだ。昨日、会ったよな」

ルーファウスの言葉で、バリーは昨日のことを思い出した。

まさか忘れていたのかと、俺はちょっと驚いた。

「なるほどな。となると、剣の恨《うら》みがあるってことだ」

「ギルドで弁償してもらえなかったんですか？」

「あいにくギルド長は俺の親父でな。修理代だけで誤魔化《ごまか》されちまった。昨日は寸止めにするつもりだったし、魔法も使ってなかったんだ。今日も同じようには行かない。本気で行く」

「おい、バリー。怪我《けが》をさせるたりするんじゃないぞ」

そんなアルダの忠告が聞こえているのかいないのか、バリーは剣を赤く光らせはじめた。

何か魔法剣のようなものを使ったのだろう。

長い両手剣を引きずるようにして、バリーはこちらに向かってきた。

その動きを見ただけでも、あまり大したことがないのがわかってしまう。

しかし、これを勝ったことにするにはどうすればいいのだろう。

仕方なく、俺はバリーの剣に狙いを定めた。

俺の緩急《かんきゅう》をつけた動きに、バリーが翻弄《ほんろう》されているのが見てわかる。

俺の放った居合い斬りの一撃は、バリーの剣を斬り上げた。

クラウソナスが乗った刀がバリーの魔法剣に触れると、バリーの魔法剣は消し飛んだ。

そしてまた、バリーの剣は根元から切り離される。

周囲に静寂《せいじゃく》が広がった。

そんな嘘だろ、オリハルコンの剣が、などといった声が周囲から漏《も》れた。

バリーは折れた剣を前に、うなだれてしまった。

負けたことよりも、剣が折れてしまったことの方に落ち込んでいるみたいだった。

30

俺が試験はもう終わりかな、などと思っていたら、アルダが重々しく呟《つぶや》いた。

「仕方がない。こうなったらアニーにやってもらう。ここで参ったと言わせることができなければば、我々の名誉は地に落ちる」

試験という話だったのに、なんか目的がずれてないだろうか。

アルダの言葉に、ルーファウスはいくらなんでもそれはまずいでしょとかなんとか言っている。

そして俺の前に、黒いローブをまとった根暗っぽい少女が進み出た。

アニーと呼ばれた少女は、俺の前に立つと、ローブから色白の細い腕を出して、俺の後ろの方を指さした。

「あれをご覧なさい」

その言葉に、俺は無造作に後ろを振り返る。

特に何もないやんけ、と心の中で突っ込んでいたら、首筋に何かが絡まりつくような感触があった。

驚いて下を見ると、真っ黒な蛇が俺の身体にまとわりついていた。

俺の近くに開けられた異空間から、その蛇は這《は》い出てきている。

とっさに振りほどこうとするが、体に力が入らない。

なぜかオーラがまったく発動してくれなかった。

「どうかしら。これでもう貴方《あなた》は何も抵抗できないわ」

そう言って、少女はナイフのようなものを取り出した。

俺はまったく訳がわからなかった。

このくらいのもの、簡単に引き千切れそうなのに、魔力が作れないのだ。

この状態では、バンシーアークですら発動させることができない。

気持ちの悪い黒蛇は俺の身体にまとわりついて、ものすごい力で締め上げてくる。

オーラを使わない純粋な力だけでは、この蛇の力に逆らえない。

「さあ、まいったと言いなさい。貴方《あなた》に勝ち目はないわ。ふふふ。それとも少しくらい怪我《けが》をしないと、負けは認められないのかしら」

それなりに可愛《かわい》い顔なのに、ちょっと笑い方が怖い。

確かに、魔力が作り出せないんじゃどうしようもない。

しかしどうにも、よそ見をさせられた方法が気に入らない。

やけに思わせぶりな登場の仕方だったから、俺だって緊張していたのだ。

あんな手に引っかかって負ければ、まるで馬鹿ではないか。

これでまいったと言うのは、どうしても癪《しゃく》に障る。

使いたくはないが、ここは奥の手の出番だろう。

――世界と一体になるために、俺は肺の中に空気をため込んだ。

「オラにみんなの元気をわけてくれぇぇぇ――――――――――！！！」

「何を言っているの？　十分に元気じゃないの」

「また狂人のまねごとか」

後ろからクロエが、俺の奥の手に野次を飛ばす。

だけど勝つために、なりふりなんて構っていられない。

「ふぃー、おめえ意外とやるなあ。オラ負けるかと思って、ヒヤヒヤしちまったぞ」

「？？？　何を言っているのよ。さっきから状況は変わってないわ」

「へへっ、オラ、もうおめえの技の弱点に気づいちゃったもんね。おめえの技を食らうと、身体の近くではマナを操れなくなっちまう。だったら、身体から離れたところでマナを操ればいいってわけだ」

「馬鹿ね。強がりはやめなさい。早くまいったと言わないと、怪我《けが》をすることになるわよ」

「はははは。やっぱり、おめえバカだな」

「ムカッ」

俺は持っていた刀を足で蹴り上げて、そこにクラウソナスを発動させた。

そして、その刀の落下を利用して蛇を斬り裂いた。

蛇が地面に落ちると、身体に力が戻ってくる。

俺は刀を拾ってアニーに向けた。

この技を破ってしまえば、アニーに戦える術《すべ》があるようには見えない。

「どうすんだ。降参すっか？」

「まいったわ。それよりも、どいて！」

アニーは斬り裂かれた蛇に駆け寄って回復魔法を唱えた。

仕方ないので、俺も蛇を治すのを手伝う。

斬られたばかりなので、傷をくっつけるだけで蛇は元通りになった。

「まさかアニーまで負けてしまうとはな。どうやら本物のようだ」

「まだ続けるのかの」

「いや、ゼニスを倒したというのが本当だとわかれば入隊資格はある。もう十分わかった。カエデとアメリアの入隊を認めよう」

「でもいいんですかね。アニーの能力まで知られちゃって。隊長以外には秘密だって話じゃなかったですか」

一人のんきな雰囲気《ふんいき》を発しているルーファウスが言った。

「そうだ。カエデ、今日のことは他言無用で頼む」

アルダの言葉に、俺は頷《うなず》いた。

どうもルーファウスは、隊長たちの中ではまともな方に見える。

そのくらい俺の戦った三人はアクが強い。

なぜか俺の実力を見ただけで、アメリアの入隊まで認められてしまった。

三人とも俺が倒してしまったから、他に戦える人がいないのかも知れない。

「それじゃ、二人は今日から僕の隊に入るってことでいいですね」

「ああ、それで構わない」

「それじゃ、お連れの方々は、今日はもう帰ってもらってもいいよ。明日は朝になったらここに来てくれればいいから。僕の隊は城の警備が主なんだ。なんといっても一番隊だからね。近衛とは違うけれど、まあ似たようなものさ」

まだ俺には用があるらしいので、アメリアとクロエには先に帰ってもらうことにした。

アルダたちは落ち込むのに忙しいようで、どこかへと行ってしまった。

ルーファウスが歩き出したので、俺もその隣を歩いた。

「俺は今日からすることがあるのか？」

「いや、そういうわけじゃないんだけどね。ちょっと話したいなと思ってさ。それにしても連れてる女の人はいい趣味してるよね」

「まあな。確かに二人とも美人だよ」

「僕はもうちょっと年下の方が好みなんだ。だけど、カエデの連れてる二人も実にいいよ」

「ん？　もうちょっと年下ってのは……」

「カエデも世間からロリコンとか言われて、さぞ辛《つら》い思いをしてるだろうけど、お互い頑張《がんば》ろう」

ルーファウスから差し出された手を見て、俺は苦虫を噛《か》み潰《つぶ》したような気持ちだった。

確かに年齢よりも下に見えるあの二人を連れていたら、そんな風な誤解を受けるんじゃないかとは、心のどこかで思っていたのだ。

だが、それは全くの誤解である。

「いや、悪いんだけど、俺はそういう趣味ってわけでもないよ」

「な、なんだって！　あんな二人を連れているのに、年下趣味じゃないってのかい⁉　だ、だけど、あの二人とも、することはしているんだろう？？」

「あ、ああ……」

「なんて罪深いんだ！　おお、神よ。貴方《あなた》はどうしてそんなに不公平なのです！」

どうりで、初めて会ったばかりの俺に好意的だと思った。

同好の士だと思って、あんな態度だったのだ。

しかも、あの二人以上に年下となると、それはもう犯罪の臭いがしてくる。

「だけど、自分の趣味に気がついていない可能性もあるよね」

「まあな。それで、今はどこに向かってるんだ？」

「ああ、そうそう、親睦《しんぼく》を深めるためにアニーの入浴でも一緒に覗《のぞ》こうかと思ってさ」

「親睦《しんぼく》を深めるためって、お前、ちょっと性格がざっくばらん過ぎやしないか」

「そうかな。兵士の中では唯一そこそこ見られる身体をしてるんだよね。たまに覗《のぞ》くんだよ。同じ嗜好《しこう》の持ち主なら喜ぶと思ったのさ」

確かにアニーは身体が小さめで、胸も小さい感じだった。

白い肌《はだ》が黒いローブの下で映えて、結構セクシーな感じがしたのだ。

決して趣味が同じというわけではないが、ルーファウスの提案には惹《ひ》かれるものがあった。

ルーファウスは城を出て、近くにあった喫茶店のような店に入る。

奢《おご》りだからと言われて、俺も注文するように勧められたので、文字の読めない俺はルーファウスと同じものを注文した。

ルーファウスは、最近気になっている女の子の話などをしている。

俺は持ってこられた甘い飲み物をちびちび飲みながら、その話を聞いていた。

しかしそれも次第に飽きてくる。

「ところで、ルーファウスも冒険者だったのか？」

「まあ、ほんの一時期だけね。僕の家は代々、オリハルコン鉱山の管理している貴族の家系なのさ。だから、小さい頃から魔法を仕込まれてね。それで大人になって、家族と上手くいかなくて家を飛び出したんだ。その間に冒険者をやってたんだけど、家族と和解したあとも、そのときの働きのおかげで兵士になることができたってわけ」

やはり、見た通り魔法が得意なのだ。

そんなことを話していたら、店先をアニーが通り過ぎていった。

ルーファウスはそれを無言で指さして、席を立った。

俺は、会計を済ませて店を出ていくルーファウスの後を追った。

31

アニーは、これも浴場なのかと思うほど立派な建物の中に入っていった。

「この、人のいない時間にアニーは必ずここに来るんだ。今日のように汗をかくようなことがあったときはね」

俺たちは、カウンターでそれぞれ十シールを払って中に入った。

そしたらルーファウスは入ってすぐのところで、女の子を呼び止めた。

相手は十二歳くらいの女の子である。

俺はそれを見て、背筋が寒くなるのを感じた。

ルーファウスは美形の顔を、乙女《おとめ》みたいにときめかせている。

「今、なっちゃんって言わなかったか？　この子がさっき話していた友達のなっちゃんなのか？気は確かかよ。やばいって。犯罪だって。ついていこうとするなって」

俺はルーファウスの手を引いて、なっちゃんから引き離した。

彼女は母親と一緒に奥の方へと入っていった。

母親は、ルーファウスを見て嬉しそうな顔で対応していたが、まさか子供の方に気があるとは思わないだろう。

「酷いじゃないか。カエデまでそんなことを言うんだね」

「酷いのはお前の趣味の方だ。そっちのことにはあとで俺が相談に乗るから、今は控《ひか》えてくれよ」

この世界には、ドワーフとかエルフとか、色々と抜け道があるはずだ。

そういう道を探すことで、なんとかしてもらうしかない。

俺は、本来の目的である方を済ませようと提案した。

そっちの方がまだいくらか健全だ。

すぐにルーファウスは、目的の背中を見つけて俺に目配せをすると、服を脱ぎはじめた。

覗《のぞ》きというから、てっきり俺は遠くから窺《うかが》うのかと思ったら、偶然のふりをして隣にはいるということのようだ。

いくらなんでもと思うが、ここまでついてきたからには、最後まで付き合うしかない。

俺たちは服を脱いで、一人でお湯を浴びているアニーの両隣に入った。

「ぎゃ！　ななななな、なんであんたたちがここにいるのよ！」

白い肌《はだ》のアニーは、たいそう綺麗《きれい》な身体をしていた。

たしかに胸の膨らみはささやかだが、肌《はだ》がとても綺麗《きれい》だ。

濡《ぬ》れた黒髪に、何とも言えない色気がある。

「やあ、奇遇だね」

そう言って、ルーファウスは大胆《だいたん》にも胸くらいの高さまである仕切りの上に身体を乗せてアニーの身体を覗《のぞ》き込んだ。

そのルーファウスの顔面に、アニーの右フックが刺さる。

「偶然なわけがないでしょうが！」

しごくもっともな主張である。

俺は、アニーの小ぶりな尻に釘付《くぎづ》けになっていた。

まぶしいくらいに真っ白だった。

「あ、あんたも何でこんな場所にいるのよ！」

「いやぁ、誘われて」

「やっぱり、わざとじゃないの！　ねえ、大隊長、こいつらなんとかしてくださいよ！」

その言葉で、俺の反対隣にアルダがいたことに気がついた。

思わずため息が漏《も》れるほどの大きな胸と、完璧に引き締まった身体が目に入る。

そしたら、アルダはふっと小さく笑った。

「おお、お前たちか。奇遇だな。それにしても初日から覗《のぞ》きとは、今度の新人はなかなか肝《きも》が据わっている。しかし、アニーの裸を見てそんな風になってるところを見ると、お前もルーファウスの同類か」

「ち、違いますって。俺はむしろ、あいつの暴走を止めましたよ」

「ぎゃあ、もう、最低！　ど、どうしてそんなことになってるのよ」

俺は二人から指摘されて、股間《こかん》を隠した。

「やっぱりアニーの身体はいいだろう。ちょうどカエデの好みくらいだよね」

アニーに殴《なぐ》られて地べたに転がっているルーファウスが、得意気に言った。

こんなのと同じだなんてあるわけがない。

「だから、俺にそんな趣味はないって言ってんの！」

「最っ低……」

アニーが小さく呟《つぶや》いたら、また俺の身体に黒蛇が絡みついてきた。

同じくルーファウスにも、黒蛇が絡みついている。

俺は足までがんじがらめにされて床に転がった。

そしたら、アニーの見てはいけないものが目の中に飛び込んでくる。

その視線に気がついたアニーに、俺は顔を踏みつけられた。

「どうしてこんなことするのさ。僕らはただお湯を浴びに来ただけだよ」

「うるさい！」

「大隊長助けてください！」

「悪いが、今日は新人に負けて落ち込んでるんだ。これで帰らせてもらう」

「あっ、ちょ、ちょっと！」

「おい、俺はただの被害者なんだ。怒るならルーファウスを怒ってくれよ」

アニーは俺の言葉を無視して、服を着はじめた。

そして着替えが終わったら、ワープゲートを開いて俺とルーファウスをどこかへ運んでいく。

俺たちが運ばれた先は、よくわからない小さな部屋の中だった。

それにしても、裸で蛇にまとわりつかれるというのは、かなり気持ち悪い。

俺たち二人を運び終えると、アニーは腕を組んで俺たちのことを見下ろした。

「な、何をする気だよ」

「後悔させるのよ。私にあんなことをしたのをね」

「ちょっと待ってくれ。僕はカエデと違って下心は半分なんだ。どっちかって言うと、ストライクゾーンから、ぎりぎり外れているからね。だから拷問《ごうもん》も半分で頼むよ」

「ご、拷問《ごうもん》？」

「そうよ」

そういって、アニーがルーファウスに絡みついた蛇をつかんだ。

そのままルーファウスの身体ごと持ち上げる。

あろうことか、アニーはルーファウスの股間《こかん》を俺の顔の上に持ってきた。

ちょうど俺の顔のすぐ上にルーファウスの股間《こかん》が、ルーファウスの顔の真下には俺の股間《こかん》が来ている体勢だった。

「ま、待て、何する気だ」

「こうするのよ」

そう言って、俺の顔の上にルーファウスの汚れたものが降ろされる。

生温かい感触が顔に触れて、俺は全身に鳥肌が立った。

「やめてくれぇえ。頼むよアニー。僕はそれほど乗り気じゃなかったんだ。おかしいじゃないか。僕よりも楽しんだカエデと同じ罰《ばつ》を受けるなんて不公平だよ」

「黙りなさい！」

アニーは無慈悲《むじひ》にも、ルーファウスの頭を踏みつけたらしかった。

それで俺の股間《こかん》に、ルーファウスの顔の感触が伝わってくる。

「ぎゃああ、口に付いた。口に付いたじゃないか！」

「喋《しゃべ》るなって、息がかかって気持ち悪いんだよ」

「お願いだあ、やめてくれえ。僕の神経はこんなことに耐えられるようにはできてないんだよ！」

アニーはルーファウスの言葉には取り合わず、ぐりぐりとその頭を踏みつけた。

当然俺にも、ぐりぐりとルーファウスの顔の感触が伝わってくる。

俺は自分の顔に押しつけられた嫌な感触に耐えられなくなって、切り札を使った。

「オラに元気をわけてくれえええ‼」

「またそれなの。芸がないわね。それで今回はどうするのよ」

「降参だ。もう、やめてくれねえか。オラ、こんなことされたら生きる気力がなくなっちまう」

切り札を使っても、この状況から逃れる術《すべ》などなかった。

「もういい。僕はこんな思いをするくらいなら、いっそ殺された方がましだ」

「おい、投げやりになるなよ」

「やっと聞きたい言葉が聞けたわ。この変態！」

アニーは、ルーファウスの顔面を蹴りあげた。

そして放心状態になったルーファウスをさらに踏みつける。

「もう気は済んだだろ。いい加減どけてくれ」

俺に乗っかっていたルーファウスの重さがなくなった。

どうやらこれで許してくれるようだ。

だけど、俺の心には消えようもない傷が残ってしまった。

ルーファウスなんかの誘いに乗るんじゃなかった。

どうしてこんなことになったのだろう。

「いい、今度あんなことしたら、もっと酷い目に遭《あ》わせるわよ」

俺たちは裸に女座りで「はい」と答えた。

俺にはもう文句を言う気力さえ残っていない。

しかしルーファウスの方はそうではなかった。

「このくそ女が。覚えてろよ。僕らだってやられっぱなしじゃないぞ」

「もうやめとけって。悪いのは俺たちだぜ。それよりも行こう」

俺たちは無言で服を着て、無言で部屋から出た。

ここは、城内にある休憩《きゅうけい》用の小屋みたいなところだった。

俺たちはすぐにゲートを開いて、さっきの浴場の前に出る。

そしてまたお金を払って中に入り、顔を丹念《たんねん》に洗った。

石けんをつけて口の中まで洗う。

何度洗っても綺麗《きれい》になった気がしない。

店の親父が苦情を言ってきたので、無言で追加の金を払った。

二十杯ほどお湯をかぶって、俺はやっと気が済んだ。

それで服を着て、俺たちは言葉を交わさないまま通りに出て歩き出した。

ルーファウスがぽつりと呟《つぶや》いた。

「心まで汚されちゃったね」

「ああ……」

「復讐しよう」

「もう関わるのはやめとこうぜ」

「だけど、このままじゃ引き下がれないよ」

「またあの蛇にやられて、酷い目に遭《あ》うだけさ。一体、あの蛇は何なんだ」

「あれは……どこかの古い書庫で、召喚方法の書かれた書物をアニーが見つけたのさ。冒険者でもないのに、あいつはあれだけで、副大隊長なんて肩書きを持ってるんだ」

「隊長じゃないのか」

「アニーは攻撃手段なんて何もないのさ。だから一人じゃ何もできやしないんだ。だけど暗殺にはめっぽう強いから優遇されてるんだよ。そのくせ人殺しなんて嫌だと言って、暗殺部隊にも入らないで、副大隊長なんてやってるってわけ。いわゆる名誉職だね。だから、魔物退治も偉そうに指示しているだけで、何もしやしないよ」

「だけど、あの能力で狙われたら、打つ手はないぜ」

「そうだね。恐ろしい能力だよ。対抗手段があるとしたら、三人以上で行動するってことくらいかな。あの蛇が拘束できるのは三人が限度だからね」

「それにしても、暗殺部隊なんてのもあるのか？」

「うん。黒い服を着て顔を隠してる奴がいたら、そいつらがそうだよ。城内で見かけても関わらない方がいい。まあ、カエデくらいの実力があれば、怖がる必要もないのかもしれないけどね。あいつらは毒を使うから、敵に回すのは怖い連中だよ」

「さて、俺もそろそろ帰ろうかな。夕飯を作ってくれてる頃だろうし」

「それって、あの二人が？」

「ああ」

「あの精霊の子とどうやって契約したの？　どこで知り合ったの？」

「まあ、普通に召喚士の人に頼んだよ。そういえばルーファウスの精霊は？」

「あれだよ」

そう言って、ルーファウスは上を指さした。

そこには鷲《わし》や鷹《たか》のような大きな鳥が空を舞っている。

「なるほどね」

「ああやって、僕に危険がないか見張っているのさ」

「アニーは、あの蛇が精霊なのか？」

「アニーはまだ精霊と契約してないんだ。辺境にある魔法使いの一族で、使い魔は猫しかみとめないんだって。だけど精霊を選べるほど、アニーは優れた魔法使いじゃないから」

なるほど。

使い魔は猫しか認めないなんて、まるで魔女みたいだ。

確かに、いかにも魔女という格好をしていた。

「アルダの精霊は？」

「ネズミだよ。いつもポケットに入ってるんだ。口の悪い、嫌な奴さ。でも、今日は精霊の力を使ってなかったね。あのネズミがいると、アルダは本当に強いよ」

「口が悪いって、なんかリリーみたいだな」

「それはアメリアって子の精霊？」

「ああ」

「あの子とはどんな関係なの？」

「結婚してるんだ」

「なるほどね。僕もエルフの彼女ができたらなあ」

「見つければいいじゃないか。ドワーフとかどうなんだ」

その言葉を聞いた途端、ルーファウスはにへらっと薄気味の悪い笑みを見せた。

顔はすごく整っているのに、それを忘れさせる何かが、この男にはある。

「さすが僕が理解者と認めた男だ。だけど、この国にはドワーフがいないんだよ」

俺はそんなものには認められた覚えがない。

いろんなことを自分の中だけで完結させている男である。

俺は適当な挨拶《あいさつ》でルーファウスと別れて、家に帰った。

家では、すでに夕食の準備ができていた。

みんなで椅子《いす》に座って、アメリアとクロエの作った夕食を食べた。

「今日は疲れたのう。あまり多くの人に会うと疲れてしまうようだ」

「俺はちょっとひやひやしたぞ。あんまり傍若無人《ぼうじゃくぶじん》な振る舞いは控《ひか》えてくれよ」

「何を言うておる。あのくらいでなければ甘く見られてしまうではないか。それにしても最後の蛇を倒した手並みは鮮やかだった。あのくらいできれば合格だ」

「もしクロエだったら、どうやって戦ってたの？」

アメリアがそんなことをクロエに尋《たず》ねた。

確かに、それは俺も少し気になる。

「妾《わらわ》であれば最初から全力で飛びかかっていくから、あのような攻撃は食らわん。様子見をするようなことをするから、ああなるのだ」

なるほど。

確かにクロエなら手加減などしないで、いきなり蹴り飛ばしていただろう。

俺たちは、明日に備えて早めに寝ることにした──

風波しのぎ
Kazanami Shinogi
THE NEW GATE
ザ・ニュー・ゲート
01~05
驚異的人気を誇る
ファンタジー Web 小説、
待望の書籍化!
累計
15万部
突破!
大人気VRMMO-RPG「THE NEW GATE」で発生した
ログアウト不能のデスゲームは、
最強プレイヤー・シンの活躍により、
ついに解放のときを迎えようとしていた。
しかし、最後のモンスターを討ち果たした直後、
シンは一人、現実と化した500年後のゲーム世界へ
強制転移させられてしまう。
デスゲームから"リアル異世界"へ——
伝説の剣士となった青年が、再び戦場に舞い降りる!
各定価:本体1200円+税
illustration:魔界の住民
1~5巻好評発売中!

第七回アルファポリスファンタジー小説大賞特別賞受賞作
想像×創造力で運命を切り開く
ブラックファンタジー!

神様の手違いで不慮の死を遂げた普通の高校生・佐伯継那は、その詫びとして『特典』を与えられ、異世界の貴族の家に転生を果たす。ところが転生前と同じ黒髪黒眼が災いの色と見なされた上、特典たる魔力も何故か発現しない。出来損ないの忌み子として虐げられる日々が続くが、ある日ついに真の力を覚醒させるキー『魔書』を発見。家族への復讐を遂げた彼は、広大な魔法の世界へ旅立っていく——

各定価：本体1200円+税　　illustration：流刑地アンドロメダ

転生から始まる
異世界バトルファンタジー！

大学入学の直前、異世界に転生してしまった青年・ミナト。気づけば幼児となり、夢魔《サキュバス》の母親に育てられていた！

魔法にも戦闘術にも優れた母親に鍛えられること数年、ミナトはさらなる成長のため、見知らぬ世界への旅立ちを決意する。

ところが、ワープした先はいきなり魔物だらけのダンジョン。群がる敵を薙ぎ倒し、窮地の少女を救う――ミナトの最強魔拳技が地下迷宮で炸裂する！

各定価：本体1200円＋税　illustration : Tea

1〜5巻好評発売中！

CHIHOUKISHI HANS NO JYUNAN

地方騎士ハンスの受難 1~4

AMARA
アマラ

累計7万部突破！

ネット住民大爆笑！

チートな日本人たちと最強自警団結成!?

異世界片田舎のほのぼの駐在所ファンタジー

辺境の田舎町に左遷されて来た元凄腕騎士団長ハンス。地方公務員さながらに平和で牧歌的な日々を送っていた彼の前に、ある日奇妙なニホンジン達が現れる。凶暴な魔獣を操るリーゼント男、大食い＆怪力の美少女、オタクで気弱な超回復魔法使い、千里眼の料理人――チートな彼らの登場に、たちまち平穏をぶち壊されたハンス。ところがそんな折、街を侵略しようと画策する敵国兵の噂が届く。やむ無く彼は、日本人達の力を借りて最強自警団の結成を決断する！　ネットで人気の異世界ほのぼの駐在所ファンタジー待望の書籍化！

各定価：本体1200円＋税

illustration：べにたま

塔ノ沢渓一（とうのさわけいいち）
1980年生まれ、群馬県出身。2014年より「小説家になろう」で「迷宮と精霊の王国」連載を開始し、人気を得る。2015年、同作で出版デビュー。

装丁・本文イラスト：八橋真
地図イラスト：浅見

本書は、「小説家になろう」（http://syosetu.com/）に掲載されていたものを書籍化したものです。

迷宮と精霊の王国2

塔ノ沢渓一（とうのさわけいいち）

2015年 8月 30日初版発行

編集－加藤純・太田鉄平
編集長－塙綾子
発行者－梶本雄介
発行所－株式会社アルファポリス
〒150-6005 東京都渋谷区恵比寿4-20-3 恵比寿ｶﾞｰﾃﾞﾝﾌﾟﾚｲｽﾀﾜｰ5F
TEL 03-6277-1601（営業） 03-6277-1602（編集）
URL http://www.alphapolis.co.jp/
発売元－株式会社星雲社
〒112-0012 東京都文京区大塚3-21-10
TEL 03-3947-1021
装丁・本文イラスト－八橋真
地図イラスト－浅見
装丁デザイン－下元亮司
印刷－株式会社廣済堂

価格はカバーに表示されてあります。
落丁乱丁の場合はアルファポリスまでご連絡ください。
送料は小社負担でお取り替えします。

ISBN978-4-434-21008-2 C0093